감옥으로부터의 소영

감옥으로부터의 소영

1판 1쇄 인쇄	2022년 5월 25일
1판 1쇄 발행	2022년 6월 6일

지은이	정소영
편집	이두루
디자인	우유니
홍보	김혜수

펴낸곳	봄알람
출판등록	2016년 7월 13일 2021-000006호
전자우편	we@baumealame.com
인스타그램	@baumealame
트위터	@baumealame
홈페이지	baumealame.com

ISBN	979-11-89623-15-9 03800

정소영

감옥으로부터의

소영

봄알람

차례

일러두기

- 본문에 등장하는 인물명
  및 그 외 일부 고유명사는
  가명이다.

- 일부 옛 표현은 편지가 쓰인
  시점을 반영하여 그대로
  유지했다.

당신이 엄마가 된 나이에
딸은 유신 치하의 대학생이 되어

1979년 12월 29일

에미에게

올 3월에 당신의 딸이 79학번을 달고 대학에 입학했어요. 난생처음 편지를 쓰려니 무슨 말을 먼저 해야 할지 모르겠네요. 보고 싶고 걱정되고 뭐 그런 이야기를 쓰려던 건 아닌데, 종이를 펴니 한두 방울 떨어지던 눈물이 나를 그리움이란 바닷물에 풍덩 잠긴 기분으로 끌고 가네요. 눈물이 종이로 떨어져 번져, 다시 쓰곤 해요. 아! 이러려고 시작한 건 아닌데.

자, 다시 시작할게요. 역시 지금껏 "에미야, 에미야" 하다가 존댓말로 쓰려니 좀 쑥스러워 안 되겠어. 그냥 반말로 쓸게. 그게 좋겠어.

에미가 부산 언니 집으로 떠난 지 벌써 2년이 되었네. 당신 딸이 고등학교 졸업하고 대학생이 되었는데 보고 싶지도 않아? 편지를 쓸 줄도 전화를 할 줄도 몰라서 참고 있는 건가? 보고 싶지 않은 게 아닌 줄 알면서도 괜한 투정이라도 부리고 싶다. 허리디스크 수술을 두 번이나 했지만 아직도 반듯하게 일어서지도, 편하게 눕지도 못하는 것이 당신의 마지막 모습이었어. 그래선지 당신을 떠올릴 때마다 슬픔과 연민 속으로 빨려 들어가는 것 같아. 그리곤 그놈의 슬픔은 명치에서 용솟음치더니 깊은 분노로 바뀌어 가슴 속에서 마구 자라서 내 생각까지 잠식해버리는 거야. 왜 엄마를 에미라 부르며 평생을 식모로 대해야만 하는 건가? 왜 당신은 피폐해진 영혼과 육체를 힘겨워하며 통증으로 누워 지내는 인생이 되어버린 건가? 한숨이 나온다.

나는 이 집에서 떠나고 싶어 죽을 지경이 되었었지. 그날을 기억해? 내가 고등학교 3학년이 되었던, 독립을 결심하고 며칠을 벼르다 양모의 방에 들어가 벌벌 떨리는 다리를 두 손으로 꽉 붙잡고 용기를 냈던 날? 기어들어가는 목소리로, 서울로 대학을 간 오빠처럼 나도 서울로 가게 해달라고 했지. 어쩌다 한 번 얼굴을 내미는 오빠처럼 나도 이 집에서 거리를 두고 싶었어. 지금 성적만 유지하면 이화여대 정도는 갈 수 있다던 담임의 말도 전했지만 돌아온 말은 "안 돼. 너는 여자야"였어. 객지에 여자 혼자 보낼 수 없다는 게 양모의 반대 이유였지.

그의 말 한마디는 아빠와 에미와 나와 남동생 그리고 일하는 언니들에겐 계엄군 사령관의 명령과도 같았어. 우리 집에서는 오직 그가 떠받드는 오빠만이 무엇이든 요구할 수 있었어. 그날 이후로 나는 대학 진학을 포기하고 예비고사 공부 대신 소설책을 봤어. 당신은 몰랐을 거야.

대전여고 교장은 눈만 뜨면 '천하의 영재인 우리 학생들은 서울의 일류 대학에 가야만 한다' 핏대를 올렸고, 우리는 아침 7시 반까지 등교해 도시락 하나를 반 갈라 먹고 남은 밥을 저녁까지 먹으며 10시까지 자습을 했어. 집에 오면 11시고 다시 새벽 6시에 일어나야 하니 검은 교복의 소녀들은 종일토록 불행한 얼굴로 땅을 파는 노예를 닮아가고 있었다. 이런. 그때 생각만으로도 어둠이 나를 휘감는 기분이 드네.

에미는 모를 거야. 교련 수업과 체육 시간마다 느끼는 선생들의 폭력에 대한 공포와 매일 반복되는 교육에 질식당하는 고통을. 당신은 못 배운 한이 크니까 학교 다니는 딸을 자랑스러워했겠지? 나는 야간 자율학습 시간에 몰래 빠져나와 운동장을 빙빙 돌곤 했어. 억수로 퍼붓는 비를 흠뻑 맞으면 나 스스로 숨 쉬는 듯한 해방감으로 잠시나마 살아 있는 것 같았지. 억압의 깊은 곳엔 이런 해방감이 감춰져 있다는 첫 경험이 신선했어. 당신은 잠시라도 이런 맛을 볼 수 있으려는지! 꼼짝없이 방에 갇혀 있는 당신을 염려하지 않을 수 없다.

착하기만 한 당신이 때때로 숨 막히게 싫었던 적도 있었어. 그저 착하기보다는 서로에게 자유를 주고 빈 공간을 사랑으로 채워가며 살고 싶었어. 알아? 에미야? 그러기 위해선, 그렇게 살기 위해선 그렇게 살지 못하게 하는 것과 싸우고 스스로를 지켜야만 해. 스펀지처럼 불행을 흡수하기만 하던 어린 시절의 경험은 그냥 있을 법한 것이니 저절로 없어질까? 아니야. 죽을 만큼 노력해서 이해하고 스스로 버려야 이것이 사라진다는 걸 당신도 알까?

　나는 이런 생각을 하며 탈출을 꿈꾸고 있었어. 하지만 실제로는 어디선가에서 길을 잃은 기분이야. 부드러운 꽃눈이 딱딱한 가지를 뚫고 나와야 살듯 나는 밖으로 뛰쳐나가고 싶었지. 그러나 현실은 엉켜버린 고치 안에 갇혀 앞이 보이지 않네. 어쩌다 보니 10대 소녀치고는 너무 우울한 이야기만 쓰게 되어 미안해.

　내가 대학 진학에 뜻이 없는 걸 알고 있던 에미이니, 내가 충남대에 들어갔다는 말을 듣고 놀랐을 수도 있겠다. 에미가 부산 언니에게 몸을 의탁하고 있던 시기에 나는 예비고사를 치르고 본고사를 앞두고 있었어. 대학은 내게 집을 벗어날 수 있는 수단이었는데 집에서 통학할 수 있는 학교에 간다면 내게 큰 의미가 없었거든. 그런데 이번엔 아빠가 간절했어. "소영아, 아빠 뜻 한 번만 따라주렴. 제발 그냥 시험 보자. 응? 한 번만." 일흔 노인이 다 된 아빠가 대학 정문 앞까지 내 손을 끌고 와서는 머뭇거리며 시험장에 들어가는 내 뒷모습을 한참이나 바라보셨지. 당신이 그 옆에 서 있었으면 좋겠다고 나는 생각했어.

　그렇게 나는 대학생이 되었어. 입학식 날 눈가가

촉촉해진 아빠의 모습과 양모가 사준 근사한 런던포그 털외투와 유명 양화점에서 맞춘 감색 구두를 당신에게도 보여주고 싶었는데.

첫 등교일, 강의실을 찾던 내 마음은 어쩔 수 없이 설레었어. 기대감에 살짝 머리를 찰랑대며 학교에 들어섰는데, 문과대 복도 맨 끝 숙직실 문이 왈칵 열리면서 머리가 덥수룩한 40대 아저씨 서너 명이 슬리퍼를 질질 끌고 옷을 여미며 나오더군. 순간 그들의 눈빛이 너무 날카로워 주춤하며 피해야만 했어. 며칠 후, 그들이 파견 나온 형사들이라는 이야기를 선배에게 들었지.

"왜 형사가 학교에 와 있어?"

내가 물으니 복학생 형이 정말 한심하단 듯이 쳐다보는 거야. 충대 총장이 박정희 대통령의 힘을 빌려 유성에 새 학교를 짓기 시작할 거라 하더라고. 그러다 보니 충대의 낡은 문과대 건물은 페인트가 벗겨지고 나무도 없는 그런 곳이어서 사실 낭만적인 대학을 그리던 내 마음에 주름이 지고 있었지. 교수들의 강의는 새로울 것도, 배울 만한 참신한 것도 별로 없고 참 썰렁하더라. 실망스럽기도 해서 무언가 의미 있는 미래를 위해 영어 서클에 가입도 하고, 의대생과 미팅도 한번 해보

앗는데 자꾸만 남들 마음에 들도록 노력하고 있는 내가 내 마음에 들지 않더라고. 서로 평가하는 기분이라니, 별로였어. 다신 안 할 생각이야.

　감옥 같은 고등학교의 틀에서 벗어나 갑자기 자유가 주어진 탓일까? 배부른 소리 같지만 허공을 걷고 있는 기분이 가끔 찾아오곤 해. 요즘의 여러 가지 변화가 정리가 되질 않아서인지 이상하게 심장 속으로 무거운 것들이 툭툭 떨어지면서 털컥 털컥 걸리는 소리를 듣는 중이야. 사실 이 편지도 답답한 마음을 종이에 쓰다 보면 정리가 될지도 모르겠단 생각에 시작했어. 왜 하필 에미에게일까. 그건 잘 모르겠네. 어차피 편지를 쓰기 시작했으니 하고 싶었던 이야기를 다 써볼게. 지난 세월을 정리하다 보면 앞이 좀 보이지 않을까? 당신에게 처음 쓰는 편지라 어디서 끊어야 할지 모르겠지만 흘러가는 대로 써볼게.

　에미야. 당신이 사실 내 엄마라는 것을 내가 알고 있다는 것을 알고 있었니? 당신은 내내 알고도 모른 척한 거지? 사실 우리 삼남매는 누구도 말은 안 했지만 어려서부터 모두 짐작은 하고 있었어.

　'저 사람이 엄마다. 저 사람이 엄마다. 하지만 말하

면 안 돼. 모르는 척해야 돼.'

일하는 언니들이 몰래 수군대었어. 그들은 우리가 못 듣는 줄 알고 수다를 떨곤 했지.

"아이고! 저것이 고추만 하나 달고 나왔어야지. 천지사방 소문난 절에 공양하고 천일기도까지 하고 아들 되는 약까지 먹였다는데…… 쯧쯧."

나를 두고 하는 소리였더라고. 5대 독자인 아빠는 이미 쉰 살이 넘었었고 양모는 사십 대 후반이었으니, 아빠는 양모를 설득해 정해진 날 당신과 합방하였다고 했어. 그렇게 만들어진 내가 짜잔! 딸로 태어나던 날, 양모는 한숨을 쉬며 "아들을 봐야 저걸 쫓아내는 건데" 노발대발 화를 냈다 하더라. 그래서 남자아이를 보려고 다시 합방하여 동생이 태어났잖아.

동생이 젖을 끊던 날 "에미야, 혼처 정했으니 시집가라" 하며, 양모가 당신을 내쫓으려 준비를 단단히 했다지. 당신은 그냥 있게만 해달라며 빌고 또 빌었다고 그러더라. 양모가 당신 짐을 싸놓으면 당신은 울며 그 짐을 풀고, 새벽같이 양모를 위해 전복죽을 끓여다 바쳤다고.

지금도 난 기억해. 아랫목에 당신이 따뜻하게 묻어

놓은 맛있는 빵과 말끔하게 다려진 가족들의 옷 그리고 가정교사와 자주 오시던 스님들이 당신의 음식 솜씨에 감탄을 아끼지 않았던 것을. 난 마당과 정원을 빙빙 돌며 부엌 창 너머로 당신을 보고 있었어. 원피스 자락을 비비 꼬며 이제나저제나 '엄마'에게 가볼까 하는 생각만 했지. 밭에 떨어져 있던 마늘 한 쪽 주워 쪼르륵 달려가 당신 손에 슬쩍 넣어주곤 했는데. 한데 당신은 무심한 듯 슬쩍 이쪽을 쳐다보고는 지문도 없어진 손으로, 아픈 허리를 부여잡고 일만 하고 있었어.

우리는 젖을 먹이는 시간만 당신의 품에 있도록 허락되었고 당신은 외출은 물론 누구도 만나지 못하도록 일하는 언니들을 통해 철저히 감시당했어. 아빠는 당신이 안쓰러워 몰래 정원 뒤에서 다정히 손을 잡아주곤 했지만 당신 눈은 꼭 슬픔으로 넘쳐 있었지.

"너 이년아, 아이들 앞에 얼씬거리지 마라. 안 나간다고? 그래? 그 옷 빨아서 다리고 한복 동정 싹 새로 달고, 풀 먹여."

양모의 분노가 넓은 집에 쩌렁쩌렁 울리면 우린 쥐 죽은 듯 조용히 해야만 했어. 일하는 언니들이 나를 업고 동네를 어슬렁거리다 옆집 아줌마와 몰래 수다 떨던 것을 어렴풋이 들었던 기억들이 나네.

이 말도 해야 할까 많이 망설여지지만 이제는 솔직히 고백해야겠다. 이 사실을 알기까지 많은 의문이 있었어. 알고 나니 아무에게도 말하면 안 될 것 같지만 이제 당신에게만은 말하고 싶다. 당신의 첫아이는 내가 아니라 나의 오빠라는 사실을. 야반도주하여 이집 저집 떠돌다 고생 끝에 여기서 당신이 낳은 아이가 나의 오빠라는 걸 말야.

한씨 마을에서 지주이자 한학자로 존경을 받던 당신의 아버지가 열일곱 된 딸이 옆 마을의 아저씨뻘 되는 사람에게 강간을 당해 임신했다는 것을 알게 되었다면, 당신은 못난 년, 화냥년이라고 그 마을에서 쫓겨났겠지? 집에서 둘째 부인의 딸이었던 당신은 부친의 인정과 사랑을 받고 싶어서 다니던 학교도 그만두고 농사일을 거들었다고 들었어. 촌구석에서 멱 감고 개구리 잡고 마냥 해맑게 자랐지만 어린 나이에도 아버지 두루마기를 만들어 칭찬도 받던 영리한 당신에게 어떻게 그런 일이 있을 수 있었지?

간장을 마시면 낙태가 되는 줄 알고 매일 아침 한종지씩 퍼마시고 계단에서 굴렀다지. 그래도 배가 불러오니 들키고 싶지 않아 보따리를 싸서 산속 외딴집에 식모 살러 떠났다지. 지금 내가 얼추 그때의 당신 나이네. 산골로 찾아들어 가 사기만 당하고, 하는 수 없이 종손인 큰오빠 집 문 앞에 와서 쓰러졌다고 들었어. 결혼해 대전에 살던 당신의 큰오빠는 당신과 나이 차이도 많고 잘 알지도 친하지도 않았다지. 아빠를 처음 만난 것은 그 집이 아빠가 마작하는 집이었기 때문이라고 언니들이 말하더라. 갈 곳 없는 당신과 뱃속 아이를 받아주기로 마음먹고 아빠는 양모에게 말했대.

"여보, 할 말이 있어. 마작 친구 한태수 알지? 그 친구 여동생이 그 집에 놀러 와 있는데, 내가 그만 임신을 시켰어."

"뭐라고요? 뭐요? 뭐라고요?"

노발대발하던 양모는 차차 풀이 죽더니 자신이 이제는 아이를 가질 수 없다는 것을 알기에 체념했겠지. 오빠가 태어난 뒤에야 아빠가 말했다지.

"사실은 저 아이는 내 아이가 아니오. 그때 말했으면 당신이 받아주지 않을 것 같아서 거짓말을 했어."

"이럴 수가?"

"저 아이를 키웁시다. 응?"

"아이고, 내가 당신 씨도 아닌 저년 자식을……."

이 모든 이야기는 양모의 친구인 왕이 엄마가 도청 직원이었던 아저씨에게 말하던 대화로 알게 되었어. 처음에는 누구 이야기인지 나는 몰랐지. 모든 퍼즐이 맞춰진 날은 따로 있어. 어려서부터 눈치가 빠르지도 않던 내가 어떻게 이 사실을 알게 되었는지 당신은 짐작도 못 할걸. 고등학교에 입학하고 얼마 지나지 않아 항상 나를 떨떠름하게 대하는 양모에게 불려 갔어. 그와 직접 대면하는 일은 한 달에 한 번 회수권과 용돈 받을 때 아니면 지적질을 당할 때뿐인지라 어쩌다 호출을 받아 그의 흰 눈썹을 족집게로 뽑아주어야 하는 날은 진땀이 나곤 했지.

하얀 눈썹만 열심히 골라 안 아프게 뽑느라고 온통 신경이 쓰였어. 그래도 아프면 안 되잖아. "다 했어요" 하고 재빨리 그 불편한 공기를 헤집고 나오려는데 그가 한숨을 푹 쉬며 혼자 중얼거리더군.

"이 집 장남은 네가 되었어야 하는데. 딸만 아니었으면……. 그래도 네가 적손인데 반항만 하니. 모르겠니?"

가슴을 바위가 짓눌러 신음이 새어 나온 것 같은

그의 목소리는 낮고 빠르게 가슴에 박혔어. 왠지 그에게서는 처음으로 듣는 진실된 고백 같은 느낌이랄까. 무시할 수 없는 무언가가 그 안에 담겨 있었어. 그 말은 끝도 없이 맴돌아 무슨 뜻인지 답을 찾아내야만 하겠더라. 그동안 일하는 언니들이 뒤에서 하던 얘기들을, 이어지지 않던 조각들을 하나씩 맞추어보기 시작했어. 나도 고등학생이고 이제 보고 싶은 것만 보던 어린아이는 아니니까. 이해할 수 없던 당신의 지나친 저자세와, 나에 대한 아빠의 지지와 사랑 그 근원에 자리 잡은 어떤 뿌리 같은 것들을 찾아낸 거지.

나는 어릴 때부터 왜 오빠를 오빠라 부르지 않는다고, 엄마를 엄마라고 부르지 않는다고 그토록 혼이 났었는지 납득이 가지 않았거든. 퍼즐의 조각이 맞추어지기 시작하더니 드디어 그림이 완성되고 확신이 찾아왔지. 쉬쉬하며 아무도 말하지 않던 비밀이 풀려 적어도 나에게는 사실로 드러난 순간이었어. 당신에겐 깊이 감추고 싶은 상처일지도 모르겠다. 아마도 그렇겠지.

솔직히 강요된 침묵 속에 빠져 있는 당신 마음을 나는 통 알 수가 없다. 하지만 당신의 목소리가 들리는 것 같아.

'소영아, 오빠에게는 죽을 때까지 비밀로 해줘. 추잡한 과거를 차마 말할 수는 없다. 네 오빠가 내게 냉정한 건 속상하지만 네 양모가 당당하게 잘 키웠잖아. 나의 잘못을 그에게 아픔으로 줄 수는 없다. 그런 일을 당한 내 인생이 원망스럽고 용서가 안 되는데 애비가 그런 놈이라는 것까지 알게 되면 나는 설 곳이 없다. 이 모든 건 내 잘못이고 네 오빠는 정말로 소중한 아이야.'

이렇게 말하려나? 그래선지 나는 이 이야기를 아무에게도 할 수 없었어. 하지 않을게. 용서는 운명의 주도권을 스스로 쥐고 자신과 깊이 화해할 때 피는 성숙한 꽃이라고 생각해. 쉬운 일이 아니더라고. 당신이 당신 인생을 너그럽게 안아주고 용서하는 날 스스로 내게 말해줄 수 있을는지…….

그날, 양모는 대를 이을 아이를 스스로 낳지 못한 자신이 누구 씨인지도 모르는 오빠를 애지중지 키우면서 정작 남편의 씨앗인 나를 단지 딸이란 이유로 미워하며, 더욱이 같은 여성인 나를 자기 인생의 한스러움을 내던질 쓰레기통으로 쓰고 있다는 죄의식 같은 것을 내보였던 것 같아. 우울해지더군. 대를 이어야 한다는 유교적 가치관과 미혼모는 부정한 년이라는 믿음이 만든 이 해프닝으로 내가 지금 여기 있는 것 같아서.

　솔직히 당신이 무슨 잘못을 한 것일까? 그 당시로는 최선을 선택한 것 아닌가? 한데 그 결과 지금의 당신은 "죽겠어. 아파. 죽을 것 같아" 하는 말을 입에 달고 어둠을 뿌리며 사는 사람이 되었으니. 당신같이 착하고 순박한 사람이 점점 더 사랑할 줄도, 웃을 줄도 모르게 되어갔어. 게다가 그 어둠이 나에게로 건너와 나를 장악하고 나 역시 사랑과 기쁨, 웃음을 잃어가고 있다는 것을 당신에게 어떻게 말할 수 있겠어?

　당신은 정말 속상할지도 모르지. 그렇게 목숨을 바쳐 지키려는 당신의 아이들이 당신 때문에 불행해지고 있다면. 한데 얼마만큼은 진실일지도 몰라. 참 말하기 두렵지만 그것은 진실이다. 당신의 슬픔으로 잉태되어 당신의 슬픔을 먹으며 자라, 지금은 당신의 고통을 마주 보며 살아야 하잖아. 스스로 변명 같아 비겁하다 생각하기도 하지만 어쨌든 지금의 나로서는 이것이 처참한 진실인 것 같아. 미안하다, 에미야.

　말해야 아는 것보다 말하지 않아도 아는 것이 진실인 순간이 많잖아. 초등학교 때 내가 양모에게 혼났던 것 기억해? 내가 "엄마" 하고 부르지 않고 오빠에게

"오빠" 하는 대신 "땡아, 땡아" 하는 것에 양모의 분노가 쌓여가고 있었던 것을 전혀 몰랐어. 어렸지만 나는 당신이 나의 엄마일 거라고 짐작 끝에 확신했고, 그 사실에 애달파만 하는 작은 아이였으니까. 그리고 양모는 나의 사랑하는 엄마를 무지 괴롭히는 권력자였으니까. 어떻게 그런 사람을 인정할 수 있었겠어. 에미는 그런 내 마음은 몰랐겠지?

그날 "에미야! 저년 광에다 가둬. 눈을 하얗게 치켜뜨고 어디서 반항이야!" 하며 양모가 소리소리 지르자 당신은 내 머리채를 쥐었어. 난 정말 놀랐지. 당신이 그렇게 내 머리채를 잡으리란 상상도 해본 적이 없었으니까. 마당 끝, 전기도 없고 쥐가 득시글거리는 광에 순순히 들어갈 수 없어 내가 반항하니, 발버둥 치는 나를 질질 끌고 가던 당신의 얼굴에 떠오르던 참혹한 광기 같은 것을 문득 보고 말았어.

너무 어린 나이였는데, 광문이 꽝 닫히며 철컥 문이 잠기는 소리를 듣는 순간 난 당신과의 알 수 없는 단절감이 서러워 조금 눈물을 흘렸었다. 암흑이 무서워서 마구 울 수는 없었거든. 당신을 내가 다 이해하긴 글렀구나, 안 되는구나, 할 수 없구나, 하는 절망감 같은 것이 가슴에 가득 고여 들어오더군. 당신은 왜 나를 따스하게 바라보지도, 몰래라도 안아주며 토닥여주지도 않은 걸까?

　오빠도 엄마가 그리웠어. 그래서 당신에게 다가가면 당신은 단호하게 양모에게 가라고, 오빠의 등짝을 치며 황급히 작은 손을 뿌리쳤지. 그리고 당신은 마당으로 나가 눈물을 훔치며 서럽게 울었어. 왜 꼭 그래야만 했어? 오빠도 당신이 엄마인 걸 알고 안기고 싶었던 것뿐이었을 텐데. 그 후로 오빠는 당신에게 차갑게 대하더군. 지금까지도 그렇지. 아들이 최고의 과외 선생에게 가르침을 받고 최상의 음식으로 양육되는 것을 대가로 양보한 거야? 에미가 선택한 헌신이란 나약하고 슬픈 것이더라.

　양모의 작고 늙은 손을 지금도 기억해. 매일 학교에서 돌아오면 그는 우리에게 과자를 나누어주었어. 오복당 전병은 보기에도 맛깔스러웠지. 오빠에게는 다섯 개, 남동생도 다섯 개, 그리고 내 손에는 세 개를 주더라고.

　초등학교 6학년 때, "앞으로 이거 들고 다녀. 새 가방이다" 하며 양모가 내민 시커먼 회색 가방 기억나?

초등학교 6학년 때를 나는 악몽으로 기억하는데 당신은 어떨지 모르겠다. 그 가방은 당시 남자 중학생들만 들고 다니는 것이었거든. 만약에 여자아이가 그 가방을 들고 다닌다면 모든 학생의 놀림감이 되기에 딱 좋았어. 왜 내가 새벽같이 학교로 갔겠어? 남자 가방을 들고, 매일 학교 가기 싫어하는 남동생의 손을 잡고 학군이 최고라는 대흥국민학교까지 멀고 먼 길을 걸어 다녔다. 선화동에 살고 있으니 선화국민학교에 가야 했는데도 대흥국민학교가 최고라고 믿던 양모의 이상한 노력 덕분이랄까? 아무튼 가방을 등 뒤로 가리며 학생들이 북적이는 문방구를 쭐밋거리며 지나, 눈치를 보며 교문을 지나, 운동장에 들어서면 재빨리 교실로 들어가 나무 책상 아래 가방을 깊이 감추면서 그렇게 일 년을 보내야 했었네. 양모는 왜 남자 가방을 사주었을까? 나는 왜 '싫어! 안 들고 다닐 거야. 창피해!' 하고 소리 지르지 못했을까? 그리고 왜 당신과 아빠는 침묵했을까?

그때 나는 1등이었지만 여자라서 반장이 될 수 없었어. 졸업식 날에는 내가 대표로 상을 받기로 했었는데 막상 호명된 건 2등인 남학생이었지. 나는 세상이 왜 이런지 이해가 되지 않았어. 남자가 앞에 있어야 하고 여자는 그래선 안 되고, 남자는 이래야 하고 저래야 한다지만 그것이 진정 옳은가에 대해서는 '왜 생각하지 않는 것인지?' 그런 의문이 시작된 해였던 것 같아.

잘 기억은 안 나지만 중학교 때인가? 겨울이었고 당신의 생일이었어. 에미의 웃는 모습이 보고 싶어서, 용돈을 모아 호떡과 작은 선물을 준비해 벽장 안에 몰래 감추어두었었지. 양모가 알면 온 집안이 벌집이 될 테니까. 당신의 생일은 소중한 것이라 내가 기억해주면 기뻐하리란 상상에 설레어 잠을 못 자고 기다리고 기다렸었지. '에미가 얼마나 좋아할까. 아무도 기억해주지 않는 생일이잖아. 나라도 기억할 수 있어 참 행복해' 하면서 말이야.

"에미야, 언제 들어와? 방에 좀 와봐."

"이거 치우고……."

당신은 부엌 바닥을 손걸레로 박박 문질러 거울처럼 만들고 있더군. 시멘트 바닥인데 말이야. 밤 12시가 다 되어서 들어온 당신의 언 손에 차갑게 딱딱해진 호떡을 건넸어.

"생일 축하해."

"……."

말도 표정도 없이 지쳐 있는 당신이 호떡을 주섬주섬 먹는 것을 보니 내 눈에서 눈물이 뚝뚝 떨어졌어. 젠장, 당신 얼굴을 차마 볼 수 없어서 나는 급히 뒤를 돈 채 말했지.

"왜 여기 살아? 나가서 자유롭게 살지. 에미 인생을 살아. 이건 사람 사는 게 아니잖아. 보고 있기도 힘들어. 제발."

"……."

당신이 목이 메어 숨죽여 우는 그 순간 나는 머리를 한 대 얻어맞은 것 같았어.

'이 여인은 벼랑 끝에 있어서 갈 데가 없구나. 용기를 낼 힘도 사라졌구나. 이름 석 자도 못 쓰는 사람이 이제 와 어디 가서 무엇을 한단 말인가? 더 상처받으면 죽을 것만 같은데, 자식 셋과 남편 곁을 떠나 산다는 것은 상상하기 어려운 고통일 뿐이구나. 나가서 자유로워지란 말은 그의 짓눌린 어깨에 돌을 던지는 것일 뿐이구나.'

그 후로 그런 말은 꺼내지 않기로 결심했지. 미안했어.

당신은 자신의 삶을 구원해보려고, 어쩔 수 없이

선택된 것이라도 수용해보려고 최선을 다하고 있던 것이겠지. 한데 지금은 아픈 몸으로 멀리 떠나가 있으니 앞으로 어떻게 살아가야 할까? 당신이 어디선가 길을 잃은 것은 아닌가 싶어.

　나는 중학교에 들어가서는 자아가 꿈틀거리며, 상상할 수 없던 나만의 세계를 만들게 되었어. 그때는 혼자 2층에 올라가 책을 보는 게 유일한 낙이었는데 창밖에는 늘 푸르고 커다란 소나무와 하늘이 있고 그 아래 파란 대문 밖을 오가는 사람들이 보였어. 앞집 운전사 아저씨, 옆집 정육점 아줌마, 그들이 오가는 길을 바라보고 있으면 마냥 행복해지더라. 이상할 정도로 세상이 아름답게 빛나고 내일에 대한 기대와 희망이 가득 차오르고 이유도 없이 즐거워서 혼자 환희에 젖곤 했었지. 그러다 보니 자연스레 가족들과 온 세상이 내 인생에서 사라졌어. 혼자가 되어가는 기분이 들었고 난 그게 좋았어. 마치 당신을 내 인생에서 빼버리니 비로소 나로 존재하게 된 기분이었어. 지금도 그날들을 떠올리면 가슴이 따스해져. 이유 없이 찾아온 행복이었지. 그때는 당신에게 미안해하지도 않았고 죄의식 같은 걸 느낄 이유를 몰랐어. 난 그저 나였으니까. 머리로는 이해할 수 없는 일이었지. 그게 최초의 진짜 내 모습이 아니었을까 하는 생각을 해보곤 해.

전교 1등으로 상 받던 중학교 입학식 날, 양모가 자장면을 사주시더군. 그날 이후로 한 가지 사건을 제외하고는 더 이상 나의 인생에 간섭과 잔소리를 하지 않으셨어. 다만 내가 입학한 그날 당신은 언제나처럼 나를 쳐다보지도 않은 채 상다리가 부러지도록 밥상을 차리고 있었지. 잊고 지내던 한 가지 기억이 떠올라. 그때 생각나? 중학교가 발칵 뒤집힌 사건. 기독교 재단이었던 대성여자중학교의 조회 시간에, 가슴에 '우수' 배지를 단 조용한 모범생 하나가 '국기에 대한 경례'를 하지 않았다고 난리가 난 일 말야.

중학교에 들어간 그때도 나는 친구를 사귈 줄 몰라서 일기를 쓰거나 가끔 이렇게 부치지 못하는 편지를 쓰며 지냈어. 어디에서나 내 곁에 있을 수 있는 친구가 필요해 바람으로 친구 하려니 변덕이 심하고, 달로 하려니 밤에만 만날 수 있고, 나무로 하려니 언제 베일지 모르잖아. 그런데 눈비가 내리거나 바람이 불고 밤이 와도 하늘은 항상 머리 위에 있더라. 그래서 하늘을 나의 친구로 삼기로 했어. 답답할 때면 학교 운동장에 나와 부는 바람 속에 서서 "오늘은 국어 선생님 칭찬을 들었다. 너는 뭐 하니?" 하며 하늘에 혼자 중얼거리곤 했었어. 누가 보면 미쳤다고 했겠지? 그러다 옆자리 짝꿍에게서 하늘에는 하느님이라는 분이 정말로 살고 있다는 말을 듣게 되었어. 눈이 번쩍 뜨여 이것저것 물었었지.

"그 하느님의 아들인 예수가 지상에 왔다가 죽었는데 다시 살아났다고 하더라."

"정말? 그런 이야기가 있어? 누가 그러는데?"

약도를 그려달라고 졸라 그 이야기를 들으러 혼자 뒷마을 꼬불꼬불한 골목길을 지나 낯선 동네를 찾아갔었다. 매주 한 번씩 자매님을 만나 하늘은 어떤 존재인지라거나 그 아들이 지상에서 여행한 역사를 듣고, 그들이 준 성경을 읽었어. 왜냐하면 내 친구를 알고 이해한다면 더 깊은 대화를 할 수 있으리란 기대가 있었거든. 즐거웠어. 고난 속에서도 사랑과 평등을 실천한 그분의 모습은 내가 지금껏 만나보지 못한 훌륭한 삶으로 느껴졌어. 차별과 폭압이 난무하던 그 시대에 그분의 언어는 혁명이었으니까. 내가 무언가 의미 있는 일을 하고 있는 것처럼 느껴지는 기분 알아?

그렇게 몇 달이 지나는 동안, '하느님의 자녀인 우리가 다른 권력에 경의를 표하는 것은 바른 태도가 아니므로 국기에 대한 경례를 하지 않아야 한다'고 들었어. 조회 시간에 용기를 내서 믿음대로 실천을 했지. 다음 날, 학교에서 연락이 갔는지 양모가 그곳을 찾아가 초토화를 했어. 학교까지 평정하여 그 후로 난 '앗' 소리도 못 하고 조용히 지냈지. 내가 다닌 곳이 '여호와의 증인'이었대. 여호와의 증인이 무엇인지 내가 어떻게 알 수 있었겠어?

그런데 이제야 말이지만 당신의 태도는 더 황당했어. "엄마 말 안 듣고 몰래 엉뚱한 짓 좀 하지 마" 하며 엄청 야단을 치더군. 권력자 밑의 하수인처럼! 그 무렵 당신과 눈만 마주치면 당신이 '엄마 말 잘 들어'라고 소리치고 있는 것만 같았어. 그러다 보니 점점 더 바다에 멀리 떨어져 있는 섬처럼 서로를 바라보게 되었지. 그리움과 존재함만을 확인하는 사이가 되어간 거야. 나는 늘 에미가 아닌 엄마를 그리워했고, 당신은 늘 내가 조용히 존재함만을 확인하며 그걸로 안심했어.

나의 중학교는 도시의 반대쪽 끝이라 멀고 멀었어. 대전여고에 들어가는 것만을 지상 목표로 삼고 집채만

한 가방과 도시락을 낑낑 지고 만원 버스로 학교를 오갔지. 그렇게 내가 학생으로서 책임과 의무를 다하던 시절에 당신은 늘 도시락을 싸주었어. 아마 도시락과 깨끗하게 다려진 교복이 당신과 나를 연결하는 따끈하고 유일한 끈이었을 거야.

에미에게 할 말이 참 많았나 봐. 생각이 끊어지질 않네. 대전여고 시절 그때가 사춘기였나 봐. 공부 잘한다는 친구들만 모아놓은 고등학교 첫 시험 등수에서 한 자리 수를 받지 못해 퍽 우울했어. 그저 공부 하나로 가족에게 존재감을 인정받으며 어찌어찌 버텼는데 내심 난처하더라. 늦봄이 지나가던 어느 날, 고1 담임선생이 불쑥 찾아왔던 것 기억해? 무용선생으로 키도 크고 늘씬하며 아름다운 분이었는데 가정 방문을 와서는 "소영인 중학교까지 성적 좋았는데 고등학교 와서 왜 그러는 거니?" 하며 나를 잡고 엉엉 우는 거야. 미안하고 죄송해 어쩔 줄을 몰랐어. '내가 문제가 있는 것인가? 왜 선생님이 격려 대신 저렇게 슬프게 우는 걸까?' 그날 당신은 나를 노려보며 지나가더군. 나는 그날 뒤로 학교에서 담임선생을 곰곰이 관찰했어. '노처녀'라 불리던 그는 규율을 싫어해 학교에서 왕따였던 것 같아. 오래지 않아 학교를 그만두었지. 그가 떠난 뒤로도 나를 붙잡고 우시던 것이 생각날 때마다 무언가 잘못되고 있다는 묘한 기분이 계속 찾아왔어. 어린 마음에는 충격이었나 봐.

그래서 열심히 공부했어. 심지어 잠이 안 오는 약을 먹고 친구들까지 불러 2층에서 밤을 새우기도 했었네. 당신은 정성껏 차린 간식을 들고 와 "이거 먹고 해. 열심히 해" 하고 격려해주었지만, 공부에 집중이 되기는커녕 나는 점점 혼자만의 갈등에 휩싸이곤 했어. 인간의 슬픔과 고통과 죽음을 극복하는 방법을 찾고 싶다는 절실한 갈망이 일기 시작하는 것을 도저히 막을 길이 없었던 거야.

내 어린 시절의 첫 번째 생각이 무엇인지 알아? 일곱 살 때쯤인가, 내 방으로 겨울바람이 스산하게 들어오던 날이었을 거야. 벽에는 숲속의 작은집을 향해 걷는 두 사람이 그려진 동양화가 걸려 있었지. 혼자 무심코 벽에 걸린 그림을 보다가 '인간의 삶의 의미와 죽음이 무엇일까? 죽음 후에는 어디로 가는 것인가?' 하는 한 생각이 머리를 치고 들어왔다.

모르겠어. 꽉 잠가놓은 뚜껑이 '펑' 열리듯이 왜 갑

자기 그런 생각이 쏟아져 들어왔는지. 그때 나는 당신에게 "그만 일하고 들어와봐, 에미야. 잠이 안 와. 일찍 들어와, 좀" 하며 기다렸지. 당신은 그날도 생으로 곱고 있는 손의 물기를 털며 새벽 1시쯤에서야 무겁게 몸을 누이더군. 사실 묻고 싶었어. 당신은 혹시 답을 알지. 어린 마음에 나이를 먹은 사람들은 무언가 알고 있으리라 생각했었나 봐. 그래, 무언가 알고 있으니 저렇게 살고 있는 것이리라고.

수소문을 해 이번엔 대전여고와 대전고 학생으로 구성된 '한불학생회'라는 모임을 찾아갔어. 이미 여호와의 증인 일도 있었고, 양모가 알면 날벼락을 치리란 생각에 아주 조심스럽게 토요일도 야자를 한다고 거짓말을 했지. 그러다 여름방학이 찾아오고 통도사에서 일주일 동안 여는 수련회에 꼭 가고 싶어서 용기를 내어 허락을 구했어.

삶과 죽음이 무엇인가 하는 질문에는 철야 정진 같은 것을 하면 무언가 답이 나오리란 생각이었지. 며칠을 고민하다 다리가 벌벌 떨리는 것을 꾹 참고 사실을 고했어. 그때는 이판사판이었거든. 당신은 그 광경을 몰래 엿듣고는 "이것아, 공부를 해야지. 어딜 다녀.

남학생도 있다며. 안 돼" 하며 또 윽박질렀지. 기억하는지 모르겠다. 하지만 양모는 택시에 나와 동생을 태우더군.

그렇게 같이 유성에 있는 선방에서 유명하다는 스님을 뵈었어. 양모는 스님에게 절하고 나서 "이 둘이 제 자식입니다" 하시더군. 그분은 7년째 묵언 수행 중이셨기에 가만히 미소를 지으며 고개만 끄덕이셨어. 마당에는 커다란 범종이 있었고 누각의 벽 맨 첫 줄에 아빠와 나, 동생 이름이 쓰여 있었어. 아들을 낳기 위한 양모의 평생 노력이 거기에서도 만나지더군. 일 년에 몇 번은 행원 스님이라 불리던 숭산 스님과 복전암 스님들이 찾아와 불공을 드리면 당신이 온 정성을 다해 대접했던 것을 기억하고 있어. 양모는 자신의 업장을 소멸하고 자신을 구원하는 방법으로 불교에 깊이 의지하고 있었잖아. 어쩌면 자식을 못 낳아서 불교에 귀의할 기회가 생긴 것인지도 모를 일이야. 그 후론 양모의 무언의 허락 속에서 판암동 절에 다니며 일주일에 한 번 설법도 듣고 참선도 배웠어. 인간의 한계를 곱씹으며 한 발이라도 자유를 향해 가고자 정진했지. 이제야 말이지만 머리 깎고 스님이 될까 하고 절을 찾아다녀보기도 했었어. 보이는 세계는 내게 고통이었거든. 그중에 당신이 가장 큰 아픔이었지.

에미는 모를 거야. 어둠 속에 불빛도 없이 혼자 서 있는 기분을. 아니, 어쩌면 당신의 인생은 나와 다를 바가 없었는지도 모르겠네.

그러다 나는 심한 부정맥과 코피로 병원에 가야 했지. 의사가 하는 말이 스트레스로 심장이 약해져 쓰러질지도 모른다고, 즐겁게 뛰어놀아야 한다고 하더군. 말이 돼? 그 후 당신은 간식을 더 만들고, 내가 쓰러지지 않게 날 위해 약을 달였지만, 오히려 당신의 허리가 더 이상 버티지 못하고 당신이 먼저 쓰러져버렸잖아. 수술 후 당신의 허리는 휘어버렸어. 재수술을 받던 날을 나는 또렷이 기억해. 병원에 누워 뒤틀린 몸을 한탄하며 아빠에게 말하던 모습을. "아이고 왜 이래요? 몸이 삐 돌아가 설 수 없어요. 너무 아파요. 다시 수술해줘요" 하며 울던 모습이 잊히지 않아. 그리고 당신은 평생 똑바로 설 수 없는 사람이 되어버렸어.

그맘때쯤 다행히 친구가 하나 생겼어. 김인아라고 해. 그는 내 마음의 탈출구였어. 전교 1등으로 대전여고에 들어온 수재인데, 우리는 아침마다 서로의 책상 속에 지난밤에 쓴 일기와 시를 넣어놓곤 했지. 철학 책이나 시집을 읽으며 느낀 점들을 쓴 쪽지를 교환하기도 했어. 한데 그는 공부를 그리 잘하는데도 충남대 가정학과를 들어왔더라고. 서울대는 무난하게 갈 줄 알았는데. 너무 놀라운 것은 입학 며칠 후 쌍꺼풀 수술을 하고 나타난 거야. 그는 지금 즐거운 나비처럼 나풀거리며 대학 운동장을 다니다 우연히 나를 만나면 수줍게 웃고는 미팅 주선한다고 바삐 가곤 해. 그는 유난히 작은 키와 둔탁한 얼굴이 큰 고민이었는데, 그런 고민들을 그간 나와의 이런저런 사변적인 질문으로 숨기고 있었던 걸까 생각해보게 돼. 그 집에서도 딸이라며 서울로 대학을 보내지 않고 시집 잘 가라고 가정학과에 보냈는지도 모를 일이지? 그는 이제 나와 말도 안 해.

  3년을 절에 다녔지만, 내 실존적 고민들이 불교의 수행으로 극복이 될 수 있을지 회의가 들기 시작했어. 대학에 들어간 올해 봄 학기 그때쯤 나는 군대를 다녀와 서울대에 복학한 현진 형을 만났어. 그는 한불학생회 대선배인데 아마 71학번일 거야. 가끔 법회에서 만나 함께 설법도 듣고 참선도 지도해주셔서 알게 된 분이야. 대웅전 옆 벤치에서 긴 머리를 쓸어 올리며 노자

『도덕경』을 읽고 있던 그 형은 "너는 세상 고민을 다 짊어졌니? 얼굴이 그게 뭐야?" 하며 책을 몇 권 주셨어. 에리히 프롬의 『자유로부터의 도피』, 오쇼 라즈니쉬의 『사랑의 연금술』 등이었는데 그때 나는 그 책을 이해할 수 없다는 사실만 확인하고 덮어두었어. 현진 형은 그 후로도 내가 힘들 때 그리고 당신에겐 말할 수 없었지만, 머리 깎고 중이 되려고 절을 찾아 헤맬 때, 말없이 옆에 있어준 분이야.

가슴이 터질 것 같아 매포의 강가에서 비를 맞으며 노래를 부르던 기억이 새롭네. '기러기 울어 예는 하늘 구만리 바람이 싸늘 불어 가을은 깊었네…….' 형도 따라 부르며 천천히 내 교복 치마에 흐르는 빗물을 꼭 짜주었지. 나의 아픔을 이해한다는 듯이 빙긋 웃으면서. 이런 일은 에미가 전혀 몰랐을 거야. 난 점점 당신에게 비밀이 많아지고 당신은 점점 더 내 인생에서 멀어지고 있구나.

어린 시절부터 나는 가정교사와 일하는 언니들이 모든 일을 해주고 텔레비전이 있는 집에서 냉장고에 음식이 넘쳐나는 가운데에 살았고, 모두 그렇게 사는 줄 알았어. 아니, 남에게 관심 가져볼 기회가 없었거나 소통하는 법을 배운 적이 없다는 편이 더 정확할 거야. 그런 것은 우리 가족에겐 아주 낯선 일이었으니까. 더욱이 양모는 내가 못사는 친구들과 사귀는 것도 싫어했고, 친구를 집으로 데려오는 것도 별로 좋아하지 않았지. 내가 대학에 들어간 후에 현진 형을 시내에서 만났는데 그가 이런 말을 했어.

"배가 고파서 물로 배를 채워본 적 있니?"

"네? 배가 고픈데…… 왜 물로?"

나는 이어갈 말을 못 찾았지. 현진 형은 갸름한 얼굴에 큼직한 쌍꺼풀눈이 웃을 때 아이 같아. 보고 있으면 마음이 편해져서 함께 자주 차를 마시곤 했어. 수학과 수석이라는데 이과생치고는 철학적 사유를 즐긴다고 할까? 극단적인 두 극이 서로 싸우지 않도록 조화를 이룰 줄 아는 편안한 느낌이 매력적인 사람이야. '어떻게 먹을 게 없을 수가 있어?' 그렇게 생각하면서도 나는 그가 수도꼭지에 입을 대고 벌컥거리며 한없이 한없이 물을 마시는 장면을 떠올리곤 했어. 물로 꽉 찬 배가 개구리처럼 부풀어 오르는데도 허기에 계속 물을 들이켜는 상상이 나를 좀 괴롭히더라.

에미야, 지금의 나로선 세상이 참으로 이상할 뿐만

아니라 이해할 수도 없다. 얼마 전에 학교 건물에 대자보가 붙어 있었는데 부산마산항쟁[1]에서 수많은 사람이 투옥되고 부상당했으며 유신정권 타도하자고 쓰인 것을 더벅머리 아저씨들이 뜯어내고 있더라고.

10월 26일, 중앙정보부 요원이 대통령을 죽였다 하니 세상이 무너진 줄 아는 아저씨들의 얼굴, 애도의 물결 어쩌고 하는 뉴스가 귀를 때렸어. 일국의 대통령을 암살했다니⋯⋯. 아빠 방에 있는 텔레비전이나 신문과는 담을 쌓고 살아선가? 내가 모르는 것이 너무 많은 거야. 그리고 몇 달이 안 되어 전두환이라는 군인이 정승화 계엄사령관을 총으로 위협해 연행하고 국방부 장관 노재현을 체포하는 군사반란을 일으켰다는 거야. 계엄령이 무엇인지 내가 어찌 알았겠어. 학교에서 정부를 비판하면 안 되니 말조심해야 하고 교수들도 쉬쉬하며 형사들 눈치 보는 줄은 알았지만 말이야.

막걸리 먹다 홧김에 정부 비판 한마디 하면 끌려가 죽도록 맞는 걸 '막걸리 반공법'이라 하더라고. 그것도 반공법에 위반되는 거라나 뭐라나. 웃기지. 아빠는 일제하에서 공무원 시험에 합격했다지? 그 후로 박정희 대통령에게 표창도 받았고 청양군수로 발령이 났지만 어린 자식들을 두고 오지로 떠날 수가 없었다며. 잠업검사소 소장으로 있다가 퇴직하셨지만 가난한 사람들에게 번데기를 나눠주고, 고학생들 학비를 대줬다는 이야기는 들은 것 같아. 추석이면 그 은혜를 갚겠다고 여기저기서 선물을 보내왔던 것도 기억해. 한데 아빠는 이상하리만치 정치에 대해 말한 적이 없었어. 한마디도.

이해할 수 없는 일을 알아가는 것이 인생이 아닐까 생각해. 당신의 인생을 이해하고, 물로 배를 채워가며 서울대를 졸업해 직업도 없이 산속에 들어가 있는 현진 형을 이해하고, 이 사회는 어디로 흘러가고 있는지를 이해하고 싶어진다. 나는 당신이 뱃속에 생명을 잉태하고 어떻게 할 것인가 고민했던 바로 그 나이에 내 인생을 향해 많은 결정을 해야 할지도 몰라. 무지와 어리석음을 핑계로 내 삶을 변명하고 싶진 않아. 어디서 길을 잃었는지를 알고 싶을 뿐이야. '앎', 그것을 향해 한 발씩 나아가야 할 것 같아.

우연히 길을 걷다 도청 앞 YMCA의 낡은 문짝에 '야학 교사 구함'이라 써 붙인 것을 보았어. 가족들도 모르게 나는 YMCA 야학 교사가 되었지. 나중에라도 양모에게 말하면 안 돼!

에미처럼 못 배워 이름도 쓸 줄 모르는 아주머니와 할머니들에게 한문과 한글을 가르치고 있어. 어린 나에게 '선생님'이라 부르며 비뚤비뚤 이름 석 자를 쓰시고는 너무나 기뻐하는 표정을 보면 문득 에미를 떠올리게 돼. 당신이 이 교실에 있었으면 얼마나 좋을까. 대학에 들어와보니 참으로 바보스러운 나는 어디에서도 이방인 같아. 내 영혼에 불을 질러 세상을 밝히고 싶지만 정말 작고 보잘것없는 나의 현실을 만난다.

당신의 세계가 나의 세계이기도 하지만, 나는 당신의 눈으로 보는 세계보다는 더 분명하고 넓은 세계를 향해 떠나고 싶어. 나태함을 끝내버리고 나의 온 힘을 다해 명료한 무언가를 알고 싶어. 2학년 때는 역사학과를 선택할 생각이야. 야학에서 만난 사학과 형의 스터디 모임에서 공부도 시작했어. 나를 구원해줄 만한 삶의 원칙이나 가치 그 어떤 것도 지금의 내게는 없고, 무엇이 진실인지도 아직은 몰라. 다만 무엇인가 알아가는데 비겁하지 않겠다고 결정한 것뿐이지.

아빠는 올해 아파트로 이사 온 후로는 부쩍 말이 없어지고 마르시네. 당신의 빈자리를 묵묵히 견뎌면서

방 하나를 비워놓으셨더라. 극장에도 데려가주시고 장미들과 은행나무와 무궁화와 모란꽃과 감나무와 온갖 화초들을 키우는 것을 좋아하셨었는데. 아파트로 온 후로는 아침 운동 다녀오면 집에만 계셔. 친구들을 모아 사교춤도 추고 기타도 연주하시는 멋쟁이였는데 점점 더 조용해지신다. 그런데 지금 나에겐 아빠의 인생을 들여다볼 여유가 없네.

사실 이 글을 쓰는 이유는 언제 다시 만날지 모르는 에미를 찾아갈 수도 없기 때문이야. 결국 나는 이 모든 상황에서 아무 말도 할 수 없다는 것을 알아. 어른들이 결정해왔고 앞으로도 그러리라는 것도. 모진 시련을 견디다 병든 몸이 되어 떠나 있는 것은 너무나도 자연스럽지가 않은데.

나의 에미야, 당신에게 아무것도 해줄 수 없지만 돌아와요. 이곳이 불편해도 내 곁에 있어요. 당신에게 내가 무언가 할 수 있는 기회를 줘요.

창밖엔 드디어 아련히 비가 내리기 시작하네. 저 빗방울 하나하나가 내겐 당신의 눈물 같기만 하다. 남편과 자식을 곁에 두고도 가까이하지도 부르지도 못하는 여인의 한을 닮아 있네. 그러나 당신을 이 세상의 누구보다 사랑한다는 것을 꼭 기억해줘.

　확신이 들진 않지만 당신도 나를 사랑할 거라 믿고 싶다. 한 발씩 내 삶 안으로 홀로 떠나는 나를 격려해주길 바라. 쉬운 길은 아닌 것 같지만 이미 해안가가 멀리 보인다. 이 배가 도착할 곳에 당신이 와서 기다려주길 바라. 그게 언제이든 반드시 기다려줘. 태어나 당신에게 처음 쓴 글인데 당신은 까막눈에다 지금 어디 있는지도 모르니…… 그저 잘 지내길. 그저 더 많이 울지 말길. 그저…….

지하 감옥은 춥고
양말은 어디로

1981년 10월 말(추정)

현진 형에게

어디인지 모르는 지하 감옥에 있습니다. 이제야 형의 모습을 떠올리니 마음이 조금은 편안해지는군요. 고등학교 때 한불학생회에서 처음 만난 후부터 형에게 의지하는 마음이 있었나 봅니다. 이 편지는 24시간 저를 감시하고 있는 전경 몰래 자술서를 쓰는 척 한 줄 한 줄 쓰고 있어요. 복도로 난 문은 항상 열려 있고 그들은 각방마다 문 앞에 의자를 두고 앉아 제 방을 흘깃거리며 지키고 있지요. 모자를 쓰고 있어 얼굴은 잘 안 보이나 퍽 무료해 보일 때도 있습니다만 제가 그런 것을 신경 쓸 형편은 절대로 아닙니다.

오른쪽 시멘트 바닥에는 꼬질한 매트리스가 하나 있고, 오른쪽 벽면 맨 위에는 환풍기가 돌고 그 틈으로 조각난 하늘이 두 뼘 정도만 보입니다. 여기가 지하실 인 것이 확실하네요. 검은 고무신 위에 맨발이 놓여 있네요. 내 발이 낯설고 춥습니다.

길을 잃고 허둥대는 마음을 꾹꾹 누르며 이 상황을 이해하기 위해 모든 세포 하나하나를 곤두세워봅니다. 곤두세울수록 바늘이 온몸을 내려 찌르기 직전의 두려움이 찾아오곤 합니다. 끝을 알 수 없고 이유도 모르는 감시 속에서 두려움으로 타들어간 영혼이 후루룩 자취도 없이 재로 변했으면 하는 자포자기의 마음을 간신히 붙잡고 있습니다. 오늘만 버티자. 내일 포기하더라도, 오늘만.

양말을 못 신게 하는 이유를 나중에야 알게 되었습니다. 무척 추위를 많이 타는 편이라 조심스레 양말을 신으면 안 되겠냐 하니까 누군가 전에 양말 두 개를 이어서 저 환풍구에 목을 매달아 죽었다고 짧게 한마디 하더군요.

　한 평쯤 되는 이 지하 감옥은 복도를 따라 방이 열 개쯤 있고 마지막에 공동 화장실과 그 옆에 고문실이 있습니다. 아예 페인트칠조차 하지 않은 회색 시멘트 바닥에 널브러진 매트리스는 땟국에 절어 더럽기 짝이 없습니다. 낡은 책상과 철제 싸구려 의자 그리고 푸른색 칠이 벗겨져 얼룩덜룩한 문짝이 제 눈에 보이는 전부입니다.

　오늘이 며칠인지 날짜를 알 수는 없지만 조용필의 「고추잠자리」라는 노래를 전경이 흥얼거립니다. 저는 이곳에 온 지 얼마나 되었을까요? 짐작건대 두 달이 다 되어가는 것 같기도 하고 아닌 것 같기도 하군요.

　작년 봄에 마지막으로 형을 만났을 때 천안의 학교로 발령을 받았다고 '선생님이나 해야겠다' 별일 아닌 듯 말하셨지요. 그날, 그러니까 1980년 5월이었던 것 같습니다. 저는 학원자율화추진위원회에서 개최한 경상대 시국 토론회에 참여하다 대전역으로 진출하는 가두시위대에 있었습니다. 형은 낯설어하며 멈칫거리다 제게 아는 체를 하시며 멋쩍게 웃었습니다. 제 모습이 많이 변해 있었지요?

전에 말씀드렸다시피 저는 YWCA 야학을 하면서 역사학과 선배의 제안을 받고 가려진 역사의 진실을 배우기 시작하고 있었습니다. 저를 지도하던 용인 형은 야학에서 리더였어요. 몇 년 전부터 몇몇 형들과 선배들이 베델 야학에서 민주화를 위한 모임을 조심스럽게 해왔더군요. 주로 사회학과와 경제학과 선배들이었지요. 사학과 2학년인 용인 형은 까무잡잡한 피부에 준수한 외모로 누구에게나 호감을 주는 인상이었어요. 허튼 짓이라고는 손톱만큼도 하지 않는 철저한 리더십에 진지하면서도 부드럽게 웃을 줄 아는 분이었지요.

"프랑스혁명은 아직 끝나지 않았어. 진정한 자유, 평등, 박애는 아직 실현되지 않았다고 생각한다. 우리가 아는 역사는 위정자들이 알게 한 것일 뿐 전체가 아니야. 같이 공부해볼래? 단 비밀로 해야 해."

형의 나직하면서도 부드러운 목소리는 저를 비밀의 정원 문 앞으로 이끌고 있었습니다. 드디어 문이 열리고 자본주의 경제학, 마르크스 경제학과 한국의 역사와 정치 등을 공부할수록 저의 고민은 깊어졌습니다. 용인 형의 집은 허름하고 협소한 방 두 개짜리 월세였고 형의 아버지는 일용직 노동자, 어머니는 화장품 외

판원 일을 하고 계셨어요. 방 안에만 있던 아버지는 작은 체구에 온화한 미소로 조용히 우릴 반겨주시곤 했어요. 어머니는 파마도 짱하게 볶고 화장을 한 큰 얼굴로 소리 내어 웃으시는 화통한 분이었습니다.

　일주일에 한 번 정해진 책을 읽고 발제하고 토론을 하였지요. 그 집에 모일 때면 우리는 아주 조심했고 늘 주위를 신경 써야 했어요. 그러다 저도 역사학과 학회에 소모임을 만들어 현 정치 권력의 정당성을 기록한 역사가 아닌 숨어 있는 민중의 역사를 공부하며 다양한 사회 문제를 어떻게 해결할 것인가 하는 방법론에 대해 고민하곤 했어요. 학교는 늘 형사들과 전경들이 진주해 있었지만 '서울의 봄'에 우리는 길고 긴 침묵을 깨고 작은 힘을 동원해 시위를 만들어내곤 했습니다. 아마도 충남에서 학생 시위는 최초였으리라 생각합니다.

　경제학회, 사회학회, 역사학회, 우리문화연구회, 여성학회 친구들과 이 조직을 움직이는 비밀 모임들을 기반으로 더 많은 친구를 모아온 그간의 노력의 결과였다 생각해요. 적어도 저는 이 일에 신념이 생기기 시작했다는 점을 그때 말씀드렸었지요.

　나의 생모와 같이 수많은 순박한 사람이 불평등

의 수렁에 빠져 고통스러운 삶을 살아도 개인의 힘으로는 자유로울 수 없는 이 사회 구조가 이해되기 시작했어요. 그렇다면 무엇이 변화해야 하는지 공부하다 보면 답이 나오리란 생각이었습니다. 드디어 우리도 우리의 말을 하기 시작한 것이지요.

1980년 4월부터 '계엄 해제와 유신 잔당 척결, 노동 3권 보장'을 외치며 서울에서부터 가두시위가 시작되었습니다. 5월 들어 1만2000명이 서울대에 모여 '전방부대 초소경계 강제동원 철폐'를 요구하던 시위를 지도부가 마침내 대대적인 민주화 투쟁으로 전환하고 5월 13일에는 서울대 복학생과 연세대가 주축이 되어 전국 27개 총학생회 회장단 회의를 열었어요. 그리고 14일과 15일, 수십만이 서울역에 모이는 최대 규모의 시위가 진행되었습니다. 우리도 자유의 한 자락 향기를 맛보며 민주화와 연행 학생 석방, 계엄령 해제를 당당히 요구했지요. 밤에는 횃불이 운동장을 빙 둘러 환하게 켜지고 유신정권을 풍자한 탈춤 공연이 벌어지자 처음으로 대학 앞마당이 학생들의 웃음소리와 젊은 생명력으로 타오르기 시작했습니다. 이 두 달이 대학 생활 내내 유일하게 숨을 쉬는 시기가 될 줄을 그때는 꿈에도 몰랐습니다.

전에 야학에서 만났던 경상대 형들의 주도로 5월 3일 연행 학생 석방과 계엄 해제를 위한 시국토론회가 개최되고 대전역까지 가두시위를 하자 목원대를 포함해 2500여 명의 학생이 모이게 되었습니다. 도로변의 시민들이 두려움과 호기심에 차서 쳐다보더군요. '저래도 되는 겨? 별일이네. 저러다 잡혀가면 어쩌려구.' 차가운 콘크리트 바닥에 앉아 난생처음 구호를 외치고 노래를 불렀어요. 선창을 하던 경제학과 조지현 선배는 비장한 눈빛으로 '전두환은 물러가라. 계엄 해제하라' 힘을 주어 소리쳤습니다. 일탈이라곤 해본 적이 없는 저는 차가 다녀야 할 길을 점거한 대열 속에 서 있는 현실에 적지 않게 당황하고 있었습니다. 갑자기 시민들이 질색을 하며 웅성거리더니 어느샌가 전경 버스와 최루탄 차가 밀려 들어오며 시위대 10미터 앞에서 길을 막아서더군요. 곤봉과 방패를 든 전경들과 최루탄 차를 마주하니 공포감과 긴장이 몰려왔습니다.

그러나 한편 알을 깨고 나오는 기분이 이런 것인가, 낯선 공기가 폐로 들어오는 야릇한 두려움과 자유의 느낌이 있었습니다. 그 순간이 저의 새로운 선택의 시작이었습니다. 나의 정치적인 생각을 말하는 것만으로 언제든 다치거나 죽거나 교도소로 끌려갈 수 있는 이 위험한 선택 앞에서 방황하지 않기로 다짐했습니다. 제가 여기까지 멀리 온 것은 아직 스스로도 다 이해되지는 않지만, 뜻이 있어서라고 믿고 싶었습니다. 드디어 최루탄을 쏘며 전경들이 '하나, 둘' 발을 맞추다 달려오기 시작했습니다. 대열은 삽시간에 무너지고 선배 형들은 하나둘 끌려갔습니다. 가게 문들이 서둘러 닫히고 우린 뒤로 후퇴해 다시 대열을 정비해 외치기 시작했습니다. 이번에는 잘 알고 지내던 사회학과 수빈이 형이 앞장을 섰습니다. 처음으로 최루탄에 눈물을 흘리며 저도 외쳤습니다. "계엄 해제하고 유신 잔당 척결하라!" 손바닥으로 하늘을 가리는 권력의 만행에 목청을 높이다 구속되는 형들의 모습이 보였습니다.

권력이 가진 속성은 저항을 통해서 실체를 드러내게 되어 있기에, 이런 희생은 다수 무관심한 대중을 깨우기 위해 불가피했습니다. 그날은 어떻게 집에 왔는지 기억도 잘 나지 않네요. 학원자율화추진위원회 회장이었던 형은 이 일로 구속되고 일곱 명의 학우가 수감되었습니다. 그러나 드디어 충남대에서도 민주적 학생회

회장으로 우리가 밀고 있던 선배가 선출되어 학원 민주화로 한발 나아갈 수 있었습니다.

때마침 서울대를 비롯한 27개교가 연대하여 집회가 점차 커지자, 숨죽이고 있던 시민들이 합세하여 서울역에 수십만이 모이기 시작했습니다. 그때 즈음 계엄군이 효창운동장에 진주하여 모든 시위를 제압할 것이라는 소문이 돌기 시작했습니다. 다음날 전국적으로 동시에 시위할 날짜를 결정하는 토론 중 경찰이 투입되어, 다수가 검거되고 말았지요. 전두환은 이것을 빌미로 비상계엄을 전국으로 확대하고 계엄 포고령 10호를 발동하여 정치 활동 금지, 휴교, 언론 보도 검열 강화, 재야 민주인사 자택 감금을 하며 정권을 장악했어요. 그리고 다음 날, 이 소식을 모르는 채 5월 18일 광주는 27일까지 민주항쟁을 벌이게 됩니다. 보통의 시위와 다를 바 없던 광주일 뿐인데 정부는 빨갱이가 선동한 폭도들이라며 철저히 짓밟아 민주의 싹을 뭉개버리기로 한 모양이었습니다. 몽둥이로 맞아 머리가 깨지고 지나가던 임산부의 배가 갈라지니, 시민들은 오히려 두려움에 맞서 더 많이 모이기 시작했다 합니다.

우리는 용인 형을 통해 광주 상황을 듣게 되었습니

다. 광주 상황을 겪은 사람들의 열 장 정도 되는 글을 등 뒤로 건네주던 형의 손이 떨렸습니다. 그때까지만 해도 북한에서 온 빨갱이가 시위를 주도해 공수부대 진압으로 다친 사람이 많다는 소문을 들었을 뿐 누구도 진실을 알 수는 없었으니까요.

　　그 문건에는 지나가던 소녀가 강간을 당하고 곤봉으로 머리가 부서진 사진이 있었습니다. 송정리라는 시골 마을에 난데없는 헬기 사격으로 초등학생과 중학생이 강가에서 고기 잡다 시체가 되었을 뿐 아니라 대검에 찔린 시체와 부상자가 병원 맨바닥에 쌓여 시민들이 헌혈을 했다고 하더군요. 무엇보다도 도청에서 죽음을 앞두고 정의와 목숨과 바꾸며 끝까지 저항하다 참혹하게 살해된 시민군의 최후가 그려져 있었습니다.

　　마지막 항쟁을 앞둔 그들의 고뇌가 고스란히 쓰여 있었습니다. 젊은 학생부터 나이 든 택시 운전사, 평범한 시민들이 '도청을 점거한 후 죽음으로 사수할 것인지, 포기하고 손들고 나가 치욕을 당해야 할지' 매 시기마다 고뇌하며 마음을 모았더군요. 총 한 자루 들고 공수부대가 쳐들어오는 새벽을 기다리는 모습이 그려져 있었습니다. 그곳엔 죽음을 걸고 정의를 지키려는 숭고

한 인간의 모습과 긴장이 생생하게 녹아 있었습니다. 결국 그들은 끝까지 도청을 사수하다 모두 몰살당했습니다. 아, 그들의 심정이 고스란히 느껴졌습니다. 얼마나 두려웠을지…….

그러나 솔직히 온실에서 살아온 제 머리의 한쪽에선 '설마, 이게 다 사실이라고?' 하는 물음표가 떠난 것은 아니었습니다. 그 며칠 후에 우린 독일 기자가 취재한 광주 현장의 비디오를 보게 되었습니다. 서울과 연결된 선배 그룹에서 소모임 활동을 하는 믿을 만한 조직원에게만 공개되는 것이었습니다. 비디오가 시작되자, 숨소리도 해가 될까 싶어 침묵 속에서 눈물도 흘리지 못했습니다. 눈물이 참으로 사치스러운 것일 수 있음을 이때 깨달았지요. 참을 수 없어 몰래 밖으로 나와 하늘의 별들을 멍하니 쳐다보았습니다. 소리 죽여 흐느끼던 울음이 통곡으로 변하기 전에 인파 속으로 마구 걸었습니다. 그런데도 안전하다는 생각은 들지 않더군요.

형도 아시겠지만 광주항쟁[2] 이후, 전국의 대학교는 죽은 듯이 조용해지고 형사들과 교수들의 눈초리가 매섭기 짝이 없었습니다. 이곳저곳에 형사들이 깔리고 사복을 입은 전경들이 사람 모이는 곳이면 어김없이 나타났습니다. 우린 학내에서 만나서도 안 되고, 아는 척할 수도 없었습니다.

올해 5월 27일 김태훈 씨가 "전두환 물러가라"를 외치며 서울대 도서관에서 투신했지요. 작년 5월 광주의 참상을 목격한 후 진상을 알리려던 서강대 김의기 씨가 계엄군에 쫓겨 종로5가 기독교회관 6층에서 떨어져 죽은 일을 떠올렸습니다. 대전에서는 용인 형과 진수 형이 홍명상가와 중앙데파트 위에서 "광주사태 진상규명"을 요구하는 유인물을 뿌렸다지요. 그 형이 그랬다는 것을 저는 전혀 몰랐습니다. 형사의 입을 통해 나중에 들었지요. 우린 점조직으로 연결되어 있었고 선배도 후배도 굳이 이름을 묻지 않으며, 모임이 아닌 곳에서는 만나도 아는 체하지 않았기 때문입니다.

제가 꾸린 소모임의 후배들도 지도부의 중심에서조차 몇 명 정도 알 뿐이고, 모르는 척하는 것이 서로 좋았습니다. 그때 즈음부터 저는 열심히 공부하고 학내 민주화 세력을 모으기 위해 최선을 다했습니다. 그 사이 정치 상황은 한심한 지경이 되었지요. 국회는 사라지고 '국가보위입법회의'가 헌법 개정을 해버리고 정치인 활동 금지에 언론 통폐합까지 해버렸습니다. 최규하 대통령은 사임하고 전두환이 당당히 11대 대통령으로 취임했어요. 앞으로 대통령 임기인 7년은 암흑기가 될 것 같네요. 박정희의 죽음을 민주화의 계기로 삼는 데 실패한 것입니다.

다시 가을이 왔습니다. 추석인지라 아빠와 차례도 지내고, 고려대를 나와 취직한 오빠와 제 생모인 에미도 귀향해 아파트 안이 다복하게 웅성거리며 즐거운 한때를 누렸습니다. 12시가 되어 모두 잠자리에 들었는데 고요한 집안에 황급히 '딩동, 딩동, 딩동' 벨 소리가 울렸습니다. 깜짝 놀라 주섬주섬 옷을 추리며 문 앞으로 갔습니다. 이 시간에 찾아올 일도 사람도 없었기에 다들 너무 황망하였습니다. 문을 열자 저승사자처럼 점잖은 검은 양복을 죽 빼입은 두 사람이 표정도 근엄하게 서 있었습니다. "정소영이 누구야. 같이 가야겠어. 나와!" 법 없이 살아온 가족들은 모두 그 말 한마디에 압도되어 어떤 저항도 생각하지 못했습니다. 허둥지둥 옷을 입고 이게 도대체 무슨 일인가 생각할 겨를도 없이 저의 머리엔 검은 두건이 씌워지고 남자들에게 끌려가 세단에 집어넣어졌지요.

형! 사실 저는 그날을 기억하고 싶지 않습니다. 특

히 그 벨 소리는 꿈에서라도 다시 듣고 싶지 않습니다. 그러나 기억해야만 합니다. 그것이 바로 이 나라의 정치 현실이었어요.

설마 그럴 리가? 설마 광주에서 생으로 시민들을 죽였다고? 하며 믿지 못했던 국가의 폭력이 나에게도 현실이 되었습니다. 양팔을 꽉 잡힌 채, 문이 열리는 소리가 들리고 두건이 벗겨지면서 어느 낯선 방에 끌려 들어갔습니다. 화장실이 딸린 방은 오래 묵은 발 냄새에 절고 꾸덕꾸덕 낡아빠진 장판이 깔려 있었지요. 기다리고 있던 담당 형사 둘은 책상 위에 종이와 펜을 던졌습니다. 덩치가 큰 아저씨 둘의 기세에 방이 축축한 검은빛으로 꽉 차 있어서인지 숨이 막혔습니다.

"정소영, 지금부터 네가 살아온 것 자세히 여기다 쓴다."

그리고 그들은 코를 골며 교대로 잠이 들었습니다. 쓰고 또 쓰고, 다시 쓰고, 혼나고, 또 쓰고…… 며칠이 흘렀는지 정신이 없을 지경이었습니다.

"이게 뭐야? 다시 써. 오늘 자지 마라. 이게 정신을 못 차렸구만. 계속 써."

"밥 먹어. 왜 안 먹어?"

음식이 배달되고 젓가락 포장 종이에 쓰인 식당 상호가 슬쩍 눈에 들어오더군요. 대흥동 아지매 식당. 짐작건대 정보과 형사들 단골인 대흥동 주변 여관에 끌려온 것 같았어요.

"다 썼습니다."

"아니지. 이게 아니야. 다시 써."

집에 두고 온 가족들 걱정이 되어 어떻게든 잘 쓰면 곧 나가리란 희망으로 버텼습니다. 대흥동이면 아빠의 집과는 지척인데 제가 여기에 왜 와 있는 것인지 저 문을 열고 달려 나가고만 싶었지요. 공부한 내용 중에서 저들이 싫어할 만한 것은 신중하게 슬쩍 빼고 썼지요. 내가 큰 잘못을 한 일도 없고, 책 몇 권 본 것뿐이니 오래지 않아 나가겠지 하는 굳은 믿음이 있었기에 크게 걱정이 되진 않았습니다. 스무 살도 안 된 제게 뭐 이렇다 할 역사가 있었겠어요? 그래서 차분하게 이들이 원하는 것은 무엇일까? 생각해보았습니다. 아마도 반정부적인 행위를 자술서화하고 싶거나 스터디 그룹에서 하는 공부가 궁금한 듯 보였습니다.

그때부터, 형사들이 질문하면 자세히 설명을 해드렸습니다. 형사들에게 우리는 정당한 공부를 할 자유가 있고 문제 될 점이 없었다는 것을 설득할 겸 설명을 했더랬지요.

"역사는 자유의 확대 과정이라고? 이게 무슨 뜻이냐?"

"오랫동안 우린 원시시대 모계사회로 살았는데 농사가 시작되면서 생산력이 늘어나 재산을 물려줄 아들이 필요했어요. 그것이 부계사회로의 전환입니다. 역사는 이때 이후로 봉건제를 거쳐 자유를 꾸준히 확대해왔다는 거죠."

"야. 정소영, 너네 방에 들어온 형사들은 너한테 의식화된다고 하더라. 너 나중에 문교부 장관감이라며? 근데 핵심이 빠졌잖아. 이거 말고 핵심을 쓰라고. 오늘 잠잘 생각 말고 처음부터 써봐."

"이런 공부를 한 것이 문제가 됩니까?"

"닥쳐."

그때 저는 생리 기간이라 걱정을 하고 있었습니다. 형사들과 한방에서 지내는 것도 무섭고 불편하기 짝이 없건만 어떻게 해야 할지 난감하여 차일피일 기다리고 있었습니다. 미리 생리대를 준비해야 하는데…… 어떻게 말하지? 하지만 입이 떨어지지 않더군요. 날짜도 모르는 채 며칠이 흐른 어느 날 밤, 잠시 졸고 있는데 갑자기 형사들이 저를 깨웠습니다. "야, 일어나. 가자." 비장한 표정으로 제 머리에 검은 두건을 씌우고 말 없이 저를 차에 태웠습니다. 집에 갈지도 모른다는 약간의 기대를 하면서도 이 희망이 무너지면 좌절하고, 그 허약해진 마음으로 괴로운 심정이 될지도 모른다는 생각에 가능한 마음을 중립에 두려고 있는 힘껏 노력했습니다.

'설마 자술서에 모두 썼는데 집으로 가겠지? 혹시라도 다른 곳으로 데려가기야 하겠어? 이들의 속을 도대체 알 수 없으니……. 집이 아니라면 도대체 어디로 또 간단 말이야' 하는 생각을 하고 있었는데, 차가 스르륵 멈추는가 싶더니 차 문이 열린 듯 새벽 찬바람이 옷 속으로 파고들었습니다. 곧 "내려" 하는 소리가 들리더군요. 이윽고 쇠문이 드르륵드르륵 열리는 소리와 함께 형사가 "멈춰. 계단이다" 하더군요. 그 순간 '아! 집이 아니구나' 알았습니다. 절망이 몰려왔습니다. 계단을 내려서자 문이 하나 더 열리고 죽 늘어선 방들의 문이 쾅, 쾅, 쾅 닫히는 소리가 들리더니 저는 맨 끝 방에 내동댕이쳐졌습니다. 검은 두건이 벗겨지자마자 형사가 어깨를 내리치며 말했어요. "양말 벗어. 의자에 앉아."

내가 지나간 것을 확인하고는 "지나갔다. 문 열어" 소리와 함께 옆방의 모든 문이 다시 열리고, 익숙한 목소리들의 비명이 시작됐지요. '잠 좀 재우라'며 악을 쓰는 78학번 사회학과 형의 비명과, 벽을 미친 듯이 두드리는 소리가 들렸습니다. 그 소리에 이어 퍽, 퍽 소리가 나고 곧 '악' 하는 비명이 지하 감옥에 울려 퍼졌습니다. 거의 모든 방에서 책상을 내려치는 소리, 때리는 소리, 비명이 터지고 있었습니다. 절망감은 오래가지 않았습니다. 절망감에 젖어 처지를 비관할 시간이 아니었습니다. 그런 사치스러운 감상을 떨기에는 공기 자체가 숨통을 틀어쥐어 빡빡하게 머리끝까지 곤두서게 하였습니다. 빨리 적응해서 생존해야 할 때였습니다.

복도에 쓰인 글씨를 보며 풀이 죽으려는 자신을 일으켜 세웠습니다.

'엄마 뱃속까지 기억해내야 살아 돌아간다.'

형! 저는 이곳에 왜 있는 것일까요?

다음 날, 짧은 머리에 어깨가 떡 벌어진 형사가 내 앞에 종이를 던졌습니다.

"자, 써라. 여기서 살아 돌아가려면 순순히 써."

그날 이후 담당 형사는 수시로 와서 어르고 협박하

다 안 되면 몽둥이로 허리와 다리를 내리쳤습니다. 잠을 잘 수 없게 의자에 앉아 밤을 새우게도 했습니다. 24시간 감시를 받으며 움직이면 안 되었고 "자" 하면 자고 "일어나" 하면 의자에 앉고 "이거 써" 하면 씁니다. 어느 날은 "너 이년, 네까짓 거 여기서 죽어도 아무도 몰라. 쥐도 새도 모르게 죽여 묻어버리면 돼" 하며 평소보다 무섭게 굴더군요. 용인 형과 규완 형에 대해 끝도 없이 질문하고, 무엇을 가르쳤는지 묻고 또 묻고, 쓰고 또 쓰게 했습니다. 책상 위에 A4용지가 두껍게 쌓여가는 동안 점점 그들의 의도가 한 꺼풀씩 벗겨져 드러나기 시작하더군요. 모든 모임에서 공부한 내용과 '누가 북한을 찬양했는지' 집요하게 물고 늘어졌습니다.

사실 우리는 남북한의 역사를 공부했을 뿐 북한의 체제와 세습 권력이 정당하다 확신하는 사람은 없었습니다. 누구라도 북한을 맥없이 찬양한 적은 더욱더 없었지요. 한국 경제의 대안으로 자본주의 발전 방향과 문제를 토론했으나 명확한 사회주의자인 적도 없었습니다. 사회주의의 근간 중 휴머니즘에 동조했다 한들 그것이 현실로 결실을 맺고 있다고 자신할 수도 없었지요. 사회주의권의 현실 정치는 미국과의 패권 싸움에 떠밀려 비인간적 정책으로 폭력의 아수라장이 계속되고 있었으니까요. 우린 역사의 이 지점에서 비교 분석을 통해 최선의 방법을 찾는 중이었을 뿐입니다. 형사들의 요구는 부당했고 사실도 아니었습니다.

어떻게 해야 할지 막막한 상황에서 나 자신을 정리해보기 위해 누군가가 절실히 필요했습니다. 이 글을 쓰고 있는 이 순간에도 밖에서 계속 나를 쳐다보고 있는 저 전경이 눈치채면 그다음 상황은 어떤 예측도 할 수 없습니다. 그래서 이 편지는 매트리스 아래에 숨겨놓고 시간이 날 때마다 형에게 쓰고 있습니다. 쓰고 나면 들키기 전에 버릴 수 있는 방법은 아마도 화장실에다 잘게 잘라 버리는 것이 최선일 것입니다. 만약 들키면 형은 누구이며 왜 이런 글을 썼는지 다시 취조가 시작될 테지요. 며칠 전에 누군가 화장실에 종이를 집어넣다 들켜서 모든 감방에 비상이 걸리고 혼쭐이 났거든요.

평소에는 제가 화장실에 가는 시간에는 복도에 모든 문이 닫힙니다. 다른 방에는 나의 친구와 선배들이 조사를 받고 있었습니다. 그들을 보고 싶었지만 한편으로는 난파당한 배 안에서 절망스럽게 흔들리는 서로의 모습을 보기가 두렵기도 했습니다. 그때 세 번째 방의 의자에 앉아 있는 창백한 한 친구의 옆얼굴을 얼핏 보았습니다.

'연숙이잖아. 하필 네가 잡혀 오다니.'

그는 나와 소모임을 같이 하는 친한 친구입니다. 몸도 마음도 여린 친구인데 저와 같은 고초를 당하고 있으리라 생각하니 마음이 찢기는 듯했습니다. 그는 아마 저와 같은 소모임을 하고 있었다는 이유로 같은 질문을 받고, 비슷한 진술서를 강요받고 있을 테지요. 그가 이 지옥에서 나보다 하루라도 빨리 탈출할 수 있기를 빌어봅니다.

방들의 문은 항상 열려 있음에도 그 뒤로 연숙이의 모습을 다시 보지는 못했습니다. 왜 이들이 늘 문을 열어놓고 감시를 하는지 며칠 살아보니 알겠더군요. 자살이나 자해를 할지도 모르기 때문이었습니다. 그날 밤 잠을 억지로 청하며 뒤척이는데 또 우당탕 소리가 납니다. 누군가가 잡혀 온 모양입니다. 옷을 다 벗으라는 명령 그리고 밤새 두들겨 맞는 소리 사이로 경제학과 친구들의 목소리도 간간이 들립니다. 그러고는 정신이 나간 듯 허공에 중얼거리는 소리도 들립니다.

"엄마, 아니에요, 죄송해요. 어서 돌아가세요. 위

힘해요.”

“저 개새끼 미쳤군.”

전경이 비아냥댑니다. 매일매일 자술서는 쌓여가고 새로운 거짓들이 추가되는데 맞은 다리와 허리가 퉁퉁 부어올라 통증이 더해지고 있었습니다.

그날에 대해서 이야기해야 할 것 같아요. 아침 식사 시간인데 배식을 하지 않더군요. 너무나 조용했습니다. 다만 이 변화가 긍정적인 신호라고 느껴지진 않더군요. 갑작스레 제 방으로 서너 명의 형사가 우르르 들어왔습니다. 당황한 기색을 보이지 않으려고 그들을 힘주어 바라보려 애썼습니다. 담당 형사와 함께 들어온 덩치 큰 형사가 소리쳤습니다.

“옷 벗어. 당장.”

“이 옷도?”

“팬티 빼고 다 벗어.”

“……”

머뭇거리자 호통이 떨어집니다. 팬티만 걸치고 있는 상황만으로도 온몸이 떨리는데 이어 머리에 검은 두건을 씌웁니다. 양옆으로 남자의 건장한 팔이 쑥 들어오더니 저는 긴 복도 끝 방으로 끌려갔습니다.

"앉아. 두 손 모으고"

아무것도 볼 수 없었습니다. 고문 경관으로서 얼굴을 들키고 싶지는 않았나 봅니다만 목소리만으로 그가 누구인지 익히 알고 있지요. 담당 형사였습니다. 손이 묶이자 차갑고 딱딱한 쇠막대기가 다리와 묶인 팔을 가로지르며 들어왔어요. 소름이 쫙 돌았습니다. 순식간에 그들 중 누군가가 쇠 봉의 양옆을 번쩍 들더니 높이 걸었습니다.

몸이 휘청, 하며 허공으로 들리더니 머리가 뒤로 확 젖혀졌습니다. 거꾸로 매달린 통닭이 되어버린 거죠. 팬티만 입은 채 꼬치에 걸린 바비큐 통닭이 딱 제 모습이었습니다. 이어 막대기에 꽁꽁 묶은 타월 끝으로 억세게 코와 입을 틀어막는 것이었습니다. 끝이 널찍하여 온 얼굴을 다 막기에 충분했지요. 그다음 순간 찬물이 얼굴 위로 사정없이 떨어지기 시작했습니다. 호흡이 막혀 버둥거리며 물을 피하려다 코로 훅훅 들어오는 물줄기가 폐로 들어가는 고통이 미친 듯이 밀려왔습니다. 숨을 쉬기 위해 필사의 노력을 하면서도 질식사의 두려움이 왔다 갔다 했습니다. 하는 수 없이 잠시라도 숨을 쉬려면 물을 폐로 먹어야 했습니다. 주전자의 물이 떨어지자 "다시" 소리에 차가운 물이 얼굴과 머리와 온몸으로 쏟아져 내려왔지요.

기절할 것 같은 순간이 영원처럼 아득했습니다. 이것을 멈출 수 있다면 영혼이라도 팔겠다는 마음이 찾아오는 것을 애써 참는데, 물 주전자 채우는 소리, 다시 시작, 다시 시작……. 이들은 아무것도 묻지 않았습니다. 무엇을 알고자 하는 게 아니라 노예가 되라는 신호였습니다.

마침내 고문이 끝나고 방으로 돌아와 주섬주섬 옷을 입으며, 입술을 꽉 깨물었습니다. 담당 형사가 바뀌어 있었습니다. 동그란 눈을 치켜뜨곤 하던 다부진 몸매의 40대 담당은 어디로 갔는지 보이지 않았습니다. 머리가 벗겨진 가늘고 매서운 눈빛의 중년 남자가 자술서를 제 앞으로 내던졌습니다.

"지금부터 제대로 다시 써. 나는 고문 전문가야. 지금부터는 헛소리 안 통해. 알겠어? 이규완과 송용인이 김진수 집에서 북한을 뭐라고 찬양했지?"

어처구니가 없었습니다.

"형사님, 자본주의와 사회주의는 경제 체제를 말합니다. 독재 권력을 민주주의로 바꿔보려 공부한 건

맞아요. 그렇지만 북한이 좀 더 민족주의적이라 말한다고 찬양한 것은 아니지요. 사회주의를 이해하려 책 몇 권 본 것은 사실이지만 알지도 못하는 북한 권력 구조를 찬양한 적은 없었어요."

"하, 말귀를 못 알아먹네. 너 아직도 모르겠냐? 그게 그거지. 이게 아직 정신을 못 차렸구나."

사납게 몰아세우다 책상을 주먹으로 쾅 쳤습니다. 그러더니 아예 옆방 친구의 자술서를 제게 던지며 베끼게 하더군요. 그렇게 방향은 정해졌습니다. 그동안 책상 위에 쌓인 4500장 넘는 자술서는 모두 버려졌습니다. 처음부터 다시, 북한을 찬양 고무했다는 허위 진술을 계속 덧붙여서 써야만 했습니다. 그렇게 우린 국가보안법 7조를 위반한 '청람회'라는 조직이 되어가고 있었습니다.

청람회라는 이름은 1978년에 낚시를 좋아하는 규완 형이 '청출어람'이란 말을 줄여 소모임 이름에 붙인 것이라고 형사들이 이야기하더군요. 사실 청람회라는 이름은 그들이 만들어낸 것일지도 모릅니다. 제가 알기로는 이름을 가져본 적도 이름을 불러본 적도 없기 때문입니다.

"야! 너네 조직 이름도 몰라? '청람낚시회'잖아. 거기다 써. 이규완이 그렇게 명명하고 이 조직을 만들었다고. 알았어?"

규완 형이 낚시를 좋아해서인지 청람낚시회라고도 했습니다. 민청학련 사건[3]으로 이미 투옥 경험이 있던 규완 형이 민주화에 관심이 있던 공주사대 선배들이 만든 금강회와 스터디 모임을 가졌었다고 합니다. 규완 형을 요주의 인물로 추적하던 형사들이 금강회 선배들을 먼저 조직으로 엮어내고, 이어 수사망을 충남대로 확대한 것임을 며칠 전에야 눈치챘지요. 그래서 지금껏 주렁주렁 엮인 100여 명의 충대 친구, 선배들이 한 달 넘게 이런 수치와 고통을 당하고 있었던 것입니다. 이제야 내가 왜 여기에 와 있는지 이해가 되었습니다.

저는 역사학회와 1, 2학년 소모임을 운영하고 있었고 많은 후배가 있었습니다. 후배들만 보호할 수 있기를 매일 기도했습니다. 한순간에 저 자신이 두려움에 휩쓸려 갑자기 머리를 조아리며, 당신들이 원하는 대로 다 하겠어, 하는 마음이 되어 '나 자신의 행위는 모두 쓰레기이며 마땅히 벌을 받아야 한다'며 자폭하지 않으려고 매일 노력했습니다.

여기서 투항하는 것은 한 발 한 발 신념을 쌓아온 지난날의 나 자신에 대한 반역임을 그리고 자신의 몸에 시너를 뿌리고 민주주의를 외치며 죽어간 선배들에 대한 배반임을 믿었기 때문입니다. 여기서 분열되어 자폭한다면 나는 앞으로 살아갈 힘을 잃을지도 모르기 때문입니다. 그러나 그들은 바로 그런 마음을 원하고 있었지요.

포기해. 실토해. 죽고 싶지 않지? 그렇다면 간단해. 우리가 원하는 그 말을 써. 그럼 살려줄게.

……사실은 며칠 전 꿈속에서 형을 찾아갔더랬어요. 자술서에 아직까지 쓰지 않은 비밀이 하나 있어 제 마음이 타들어가고 있었거든요. 그 사건을 내 손으로 자술서에 써야 할지 더 견뎌내야 할지 형에게 절박하게 묻고 싶었습니다. 그러나 어디에도 형이 없어 찾아 헤매다 "기상" 소리에 깨어나고 말았습니다.

사건의 발단은 이렇게 시작되었습니다. 1981년도 스산한 봄에 용인 형의 호출이 있었어요. 심각한 얼굴로 진지하게 말했습니다. "너하고 여자 후배들로 팀을 꾸려 유인물을 만들고 문화동하고 궁동 양쪽 대학에 모두 뿌려라." 하여, 밤새도록 광주항쟁의 진상과 계엄령

철폐와 대통령 직선제의 당위를 설명하는 유인물을 작성해, 철필로 쓰고 수동 잉크 프린트로 한 장씩 한 장씩 수천 장을 만들었습니다. 그렇게 만든 유인물을 후배들에게 몇백 장씩 나누어주고 다음 날 새벽에 문화동 문과대와 궁동 문과대와 도서관, 경상대, 공대 강의실에 뿌리기로 하였습니다.

그런데 새벽에 도서관을 맡은 독문과 후배가 나타나지 않는 것이었습니다. 아! 발각된 것이 아닌지 걱정이 되었습니다.

"영순이가 왜 안 보이지?"

"언니 어떡해. 그놈들이 알아챈 거 아니야?"

"벌써 형사들이 깔렸으면 어떡해."

"일단 촉박하니까 언니 말에 따를게. 지금이라도 흩어질까?"

"발각되었으면 우리 다 들어갈지도 몰라. 다 내가 시켰다고 해. 알지?"

"응. 어제 입 맞춘 대로 할게요."

"할 수 있겠어? 위험한데."

"해야지요. 밤새 만든 건데. 할 일이잖아."

각자 빠르게 맡은 단과대로 들어가되 주변을 잘 살

필 것, 가방을 화장실에 두고 강의실마다 열며 한 바퀴 돌아볼 것, 지금 학생들은 없으니 인기척이 있으면 형사다……. 그렇게 확인을 하고 바로 전부 뿌린 뒤 약속한 곳에 모이기로 했습니다.

"만약 형사들이 있으면 즉시 나와. 알았지?"

"영순이는 오늘 내로 찾아내고 만일 오늘 못 뿌린 곳은 다음에라도 뿌려야 할 테니 유인물은 꼭 챙겨라. 무엇보다 중요한 것은 절대 잡히면 안 된다는 거야."

해 뜨기 직전, 강의실마다 유인물이 뿌려졌지요. 다행히 우린 아무도 잡히지 않았습니다. 연락도 안 되고 집에도 없는 후배를 백방으로 찾아보았습니다. 그가 잡혔다면 제가 책임을 지기로 하고, 저는 모든 책과 메모를 버리고 조심스럽게 움직였습니다. 알고 보니 영순이 어머니께서 유인물을 보고 놀라서 모두 태워버렸던 것이라, 그 일은 외부에 알려지지 않았지요. 이 일을 지금까지 아예 말하지 않고 있었던 것입니다.

"옷 벗어. 이것이 아직도 정신을 못 차려!"

모두 배식을 하기에 그저 기다리면 밥을 가져오리라 앉아 있었는데 저만 다시 고문실로 끌려갔습니다. 한 번 겪은 것이라 잘할 수 있는 일이 있는가 하면 한 번 겪은 일이라 두 번 다시 겪고 싶지 않은 일이 있음을 절실히 깨달았습니다. 그 공포를 알기에 두 다리가 후들거렸습니다.

'아……'

이 소리가 가슴에서 울려 내 영혼까지 퍼졌습니다. 내 영혼이 빠져나가지 않고 잘 버티기를 염원할 사이도 없이 매달린 몸 위로 사정없이 물이 또 퍼부어지더군요.

"이년이, 너! 광주사태 때 총 감춰놓았지? 어디다 뒀어? 모두 너한테 주었다는데?"

터무니없는 질문이었습니다. 그들은 내 대답을 원하는 게 아님을 알았습니다. 입과 코로 쏟아지는 찬 물줄기가 거침없이 알몸 위를 덮칩니다. 너무 추웠습니다. 이전과 똑같은 고문인데 저의 모든 감각은 처음보다 더 고통스러워했습니다. 폐로 물을 다 받아내야 했기에 가슴이 터질 것 같았습니다. 이것은 마지막 비밀을 털어놓지 않은 데 대한 보복이었음을 오래지 않아 깨달았습니다. 사람 마음이 참 이상하기도 합니다. 고문이 끝나고 간신히 방으로 들어오는 순간, 이 삭막한 방이 평온한 안식처처럼 느껴지더군요.

형은 모든 것은 마음이 만들어낸 것이기에 마음에

휘둘리지 않으면 존재 그 자체로 자유롭고 평화로우며 그것이 자신답다 하였지만 저는 그 말을 이해할 수 없었습니다. 하지만 이때만큼은 '네 안에 평화가 항상 있기에 그 존재의 힘으로 이런 곳에서조차 가끔은 때아닌 안도감을 느낄 수 있는 것'이라 형이 속삭이는 것도 같았습니다. 그러나 남이 주기도 하고 빼앗아갈 수도 있는 가변적인 평화라면 무슨 쓸모가 있겠습니까?

담당 형사는 내 앞에다 손에 묻은 물기를 툭툭 털다 아차 싶었는지 짐짓 얼른 닦아내며 후배들이 쓴 자술서를 저에게 집어 던졌습니다. 유인물을 돌렸던 후배들의 명단이 고스란히 들어 있는 자술서를 보는 순간 만감이 교차하더군요. 슬쩍 물었습니다.

"후배들은 괜찮나요?"

"여기로 오진 않았어. 너 때문에 일일이 만나서 조사했잖아. 하여튼 너 때문에 참…… 형사들이 하나하나 만나서 자술서 받았다."

그사이에 좀 친해졌는지 익숙해졌는지, 대답을 해주었습니다. 한데 이상했습니다. 용인 형이 안 잡힌 것을 눈치로 알고 있는데 그렇다면 누가 이 일을 알 수는 없는 일이었거든요. 아마도 용인 형이 누군가에 이야기한 것이라 추정해보았습니다. 저의 후배들 명단도 끝까지 지키려 했던 것인데…… 놀라지 않을 수 없었지요. 하여튼 그 자술서를 토대로 내가 주동자라, 그들에게 큰 피해가 안 가도록 써 내려갔습니다.

그리고 일주일이 지나 형사들이 좀 큰 방으로 저를 옮기더니 말없이 제가 그동안 쓴 수백 장 되는 자술서를 가리켰습니다. 그리고 다른 한 손으로는 위를 가리키며 조용히 말했습니다.

"자. 지금부터 묻는 대로 대답한다. 79년 야학에서 만난 송용인과 7월 8일 대흥동에 있는 집에서 만나 무엇을 했지?"

그리고 그가 내민 쪽지에는 '위에서 다 듣고 있다. 모르면 자술서 봐'라고 쓰여 있더군요. 그렇게 모든 자술서를 제가 똘똘하게 잘 외우고 있는지 확인하기 시작했습니다. 그것은 재판을 할 최종 준비가 되었는지, 상부의 승인을 받기 위한 절차였습니다. 두 번 반복하고 나서 오케이 사인이 내려왔는지 마지막 정리를 하기 시작하더군요.

"정소영, 너는 북한을 찬양 고무하는 데 동조했으니 국가보안법 7조 위반으로 징역 7년에 처해질 거야."

그렇게 말한 형사가 법조문을 책상 위에 꺼내놓고 "7년 살고 나오면 시집가야겠다" 비아냥거렸습니다.

다음 날, 지하 감방의 문이 열리는 소리가 나더니 사람들이 연이어 우당탕 끌려 나가는 발소리로 진종일 시끄러웠지요. 그리고 아주 고요해졌습니다. 형사의 명령도, 비명도, 말소리도 사라져 온통 고요했습니다. 이 지하 감방에 오직 전경 하나가 방문 저쪽에 앉아 하릴없이 나를 감시하고 있을 뿐이었습니다.

지금 저는 눈 뜨면 의례히 딱딱한 쇠 의자에 종일 앉아 있다 취침 허락이 떨어지면 추운 바닥에 매트리스를 깔고 잠을 청합니다. 그렇게 며칠인지 모를 날들을 보내고 있습니다. 이때 눈보라에 길을 잃은 서너 송이 눈꽃이 환풍기를 통해 나풀거리며 들어옵니다. 아! 첫눈입니다. 그동안 하늘과 바람과 숲을 까맣게 잊고 있었군요.

멀리서 어떤 전경이 노래를 부릅니다. 그가 아는 대목은 오직 여기뿐인가 봅니다. 엄마야, 나는 왜 갑자기 슬퍼지지……. '슬픔' '엄마' '아빠' 이 낯선 단어가 오늘은 찾아옵니다. 그들은 내 걱정에 얼마나 힘드실지, 내 소식을 알려고 세상천지를 미친 듯이 찾으러 다닐지도 모른다는 생각이 지나갑니다.

'아빠 저 아직 살아 있어요. 여기가 어디인지는 저도 모르지만.'

공무원으로 평생 사신 아빠가 얼마나 놀라고 혹시라도 노여우실지 걱정이 됩니다. 제가 편지를 그래도 쓸 수 있는 것은 지금은 모든 사람이 사라지고 이곳에 저밖에 없기 때문입니다. 아! 밖에 저를 지키던 전경이 교대하고 있군요. 제 방을 이리저리 둘러보기 시작합니다. 갑자기 심장이 빠르게 뜁니다. '아, 멈춰라 이놈아. 좀 조용히 해, 제발.' 깊이 숨을 들이마시고 다시 아픈 허리를 추슬러봅니다.

사실 저는 지금 막막합니다. 아무도 없는 여기서 이대로 언제까지 있어야 하는 것인지 누구도 말해주지 않습니다. 친구들은 모두 어디로 갔으며 왜 나만 남았는지 이유를 알지 못합니다. 심지어 이제 저는 담당 형사를 기다리고 있습니다. 이런 여유가 참으로 어색합니다. 주변의 고요가 저를 삼켜 이곳에 영원히 감금되는 악몽을 꾸고 있습니다. 앞으로 어찌 될지, 제 자유의지는 용납되지 않습니다. 이런 부자유를 참으로 견뎌내야 합니다. 더 험한 곳으로 끌려가지 않으리란 보장이 어디에도 없습니다.

드디어 세수와 머리 감기가 허락되어 여기 들어오고 처음으로 목욕실에 끌려갔습니다. 떡이 져서 수세미가 되어 있는 머리를 빨랫비누로 감다가 포기했습니다. 옷은 갈아입지 않아 냄새가 나기 시작하는군요. 이제 저의 마음이 현재로 돌아왔습니다. 이 모든 일이 꿈같기도 하고 과거가 뒤섞인 오늘 같기도 합니다. 이 편지는 오늘을 끝으로 처리해야 할 것 같습니다. 아주 잘게 잘라 매트리스 실밥 터진 곳에 조금씩 넣거나 남은 것은 화장실에 간다 하고 전경 몰래 변기에 넣겠습니다. 발각되면 형을 괴롭힐 것이 뻔한데, 이제 와서 너무 위험한 짓을 했다는 후회와 자책감이 밀려오는군요.

'넌 얼굴이 그게 뭐니? 한참 피어오를 나이에. 세상 고민 다 짊어진 것 같아요, 아가씨' 하며 환하게 웃던 형이 그립습니다. 형과 강가에서 노래를 부를 때 노을 아래로 떨어지던 햇살이 그립습니다.

'청람회'는 학회를 통한 소조직화와 학생회 구성 활동으로 대전 학생운동의 기반을 마련했다. 1981년 9월 대부분의 핵심 멤버가 검거되며 외형상 와해되었으나 이후 "1987년 6월항쟁을 통해 한 시대의 분수령을 이루어내는 지역적 배경을 닦았다"고 평가된다.

> "검거된 청람회 멤버들은 충남도경 대공분실로
> 이첩된다. 대공분실은 수도산 안가 지하에 있었다. (…)
> 아무 소리도 없이 3일간 매만 맞았다. 3일 후 대머리에
> 007가방을 든 낯선 사람이 철문을 열고 들어와 자신을
> 고문 기술자라고 자랑했다. (…) 통닭구이, 물고문이
> 이어졌다. 물을 적신 수건을 얼굴에 얹고 주전자로
> 물을 부어가며 고문이 계속되었다. 물고문을 할 때면
> 4~5명이 단체로 들어와 합동으로 하기도 했으며,
> 펜치를 들이대며 손톱을 뽑겠다고 협박하기도 했다 (…)
> 청람회 사건으로 검거돼 조사를 받은 사람들의 기억은
> 대부분 비슷하다. (…) 일부러 열어놓은 철문 틈으로
> 공포가 엄습해 들어왔다. 끝이 어딘지 모르겠다는
> 생각이 머리를 떠나지 않았다. 죽음에 대한 공포,
> 죽었으면 하는 허탈감이 들 때 차라리 편안했다."

↑
"다시보는 역사―80년 대전, 민주화운동 선도한
'청람회' 사람들", 『중도포커스』, no.56, 24-27쪽, 1996.

보내지 못한
우유 곽 편지

현진 형에게

형, 드디어 저는 대전 목동교도소 독방에 있습니다. 이 편지는 우유 곽을 뒤집어 알루미늄호일 표면에 못으로 쓰는 중이에요. 여기는 날카로운 물건을 찾기가 퍽 어렵습니다. 자해 도구로 쓸까 봐 철저히 관리되고 있거든요. '못 하나가 뭐라고!' 하겠지만 이곳에선 쓸모없이 버려진 것이 모두 소중하게 다시 쓰임을 찾습니다. 지난번에 형에게 부치지도 못할 편지를 쓰고 이틀 후에 대공분실 지하 감옥에서 서부경찰서 유치장으로 이송되었어요. 다행히 다들 지쳐 있어서, 감시가 소홀한 틈을 타 편지를 잘 처리했습니다.

처음 유치장에 오던 날은 천국에 온 듯 마음이 들떴습니다. '살았구나. 사람들도 있고, 말을 할 수 있고, 읽을 책도 있다니.' 달랑 한 권 있는 책은 유치장과 잘 어울리는 노스트라다무스의 예언서이지 뭡니까? 유치장 여자 감방의 쇠문이 열리니 낯선 여자가 웅크리고 있었습니다. 간통죄로 들어온 30대 아주머니가 뜨악하게 쳐다보다 저를 따스하게 맞아주었어요.

"이리와. 같이 자자. 춥지."

인간의 온기가 얼마나 따뜻하던지. 저도 모르게 잠깐 행복했습니다. 모두 쉬쉬하면서도 저를 호기심 있게 흘끗흘끗 쳐다보았어요. 종일 심심풀이 음담패설을 입에 달고 사는 간수가 철창 사이로 물었습니다.

"너, 정소영. 19살인데 간첩이야 뭐야? 어린 게."

"아닙니다. 학생입니다."

"학생이 왜 국가보안법이야?"

"글쎄요. 저도 잘 모릅니다."

전경이 눈치를 보다 창살 사이로 살짝 기대며 물었

습니다.

"뭐 필요한 것 없어? 전화번호 알려주면 집에 몰래 전화해줄게."

그 말에 왈칵 마음이 요동쳤습니다. '가족과 연결될 수 있다? 그게 가능하다니…….' 공중전화를 붙들고 가족들과 통화하는 상상이 무너진 댐으로 물난리가 나듯 쏟아져 들어왔습니다. 가슴이 아팠습니다. 마음은 가족을 만나고 싶지만 무슨 말로 어떻게 내 상황을 설명해야 할지요. 저 자신도 상황을 납득하지 못하는데 무슨 말을 해야 할지, 가족들의 얼굴을 마주할 용기가 필요했습니다. 공무원으로 평생을 살아온 아빠가 빨갱이 딸을 두었다는 손가락질을 받았을 때의 충격을 가늠조차 할 수 없었지요. 한데 다행인지 불행인지 국가보안법 위반은 면회가 되지 않는다 하더군요. 그립고 보고 싶었지만 차라리 다행이라 생각하기로 했어요.

그러다 저번 주에 아버지가 다녀가셨다는 것을 알게 되었습니다. 간수 중에 그나마 친절한 사람이 지나갈 때 말을 걸었습니다. 2주일 동안 화장실을 가지 못하고 있던 차라 조심스레 변비약을 부탁하는데, 그제야 저에게 몇 가지 물건들을 내밀더군요.

"정소영. 사복하고 약이다. 정유택이 누구야?"

아빠가 보내온 내복을 보고 눈물이 핑 돌았습니다. 겨울이 성큼 와 있었습니다. 유치장의 각방 안에는 화장실이 있습니다. 변비약을 한 움큼 먹고 밤새 화장실에 앉아 조용히 한숨을 쉬었습니다. 나올 듯 요동만 치는 배를 부여잡고 식은땀을 흘렸지만 한번 뒤집힌 뱃속은 걷잡을 수 없었습니다. 이 작은 방 가운데에 화장실이라니, 코앞에 있는 화장실을 들락거리다 보니 눈치를 안 볼 수도 없었네요. 오직 혼자 있을 수 있는 공간에 들어오니 비로소 오랫동안 잃어버린 내 모습이 보였습니다. 거울이 없는 것은 다행입니다. 수세미처럼 거칠어진 머리, 더러운 옷 사이로 앙상한 어깨가 보였습니다. 이제 내 삶은 어디로 가는 걸까, 잠시 생각하는데 밖에서 외치는 소리가 들렸습니다.

"각방마다 노래자랑을 한다. 실시! 여사부터."

간통죄 아주머니는 그사이 다른 곳으로 이송되어 방엔 나 혼자뿐이니 여지없이 노래를 해야 했습니다. 지하 감옥에서의 긴장이 풀리지 않아 목소리도 나오지 않는데 이 판에 웬 노래인가 싶었지만 어쩔 수 없었어요.

저 들의 푸르른 솔잎을 보라, 돌보는 사람도 하나 없는데 비바람 불고, 눈보라 쳐도…… 깨치고 나아가 끝내 이기리라…… 우리들 가진 것 비록 적어도 손에 손.맞잡고 눈물 흘리니 우리 나갈 길 멀고 험해도 깨치고 나아가……

노래가 끝나자 순간 너무나 조용해졌습니다. '아이고, 맞지 않는 선곡이었구나. 유행가를 부를걸' 싶었는데 침묵의 몇 초가 지나자 박수 소리가 각방에서 터져 나왔습니다. 그러곤 앙코르를 요청받아 저는 한 번 더 불렀습니다. 모여서 공부를 하면서 민중, 민중 하며 떠들곤 했었는데 민중은 먼 곳에 있지 않았습니다. 이들이 모두 민중이기에 가슴이 벅찼습니다. 상아탑 안에서 책 몇 권 보고 옳고 그름을 따지다 재수 없어 법에 걸린 나약한 지식인의 몰골에서 자유하고 싶었습니다.

그래선지 어떤 면에서는 유치장이 참으로 좋았습니다. 나의 거짓된 부와 오만과 잘남이 그들과 그저 섞여, 죄수로 그들과 같이 자고, 먹고, 혼나고, 눈치 보는 것이 편했습니다. 면회를 오가며 눈물을 흘리거나 몇 년 형을 받을지 수군대다가 간수에게 혼나는 이들의 모습을 물끄러미 구경하며, 저 사람들이 기 펴고 사는 날이 오기를 바라봅니다.

저는 역사의식 운운하며 민중의 삶을 책으로만 보았습니다. 노동자 전태일이 '노동법을 지키라'며 분신자살을 했다지만 그에 실감 어린 공감을 할 수 없는 저는 여전히 온실 속에서 자란 화초였습니다. 후배들에게 민주화와 민족의 자주권을 이야기하면서도 돌아서서는 가끔 하늘을 보며 무겁게 한숨 짓곤 했습니다. 나는 내 말에 어디까지 책임질 수 있을까, 결국 선택은 각자의 몫이겠지만 스스로 믿는 것을 위해 회의하지 않고 살아갈 수 있을까, 나 자신이 망설이지 않을 무언가에 과연 나는 얼마나 깊은 신뢰를 가졌는가, 그것이 무엇이란 말인가? 말로만 떠들고 실천하지 않는다면 뻔지르르한 거짓말쟁이 가짜 휴머니스트일 뿐 아닌가? 그런 고민들이었지요. 그런데 여기 온 이후 한편으로는 마음이 정리되고 편안해지는 기분도 듭니다.

형은 요즘 어떠신가요? 제가 너무 제 생각에만 몰두해 있곤 하네요. 아직 제정신이 아닌 모양이에요. 형만의 고민 같은, 의문 같은 것이 있다면 무엇인가 묻고 싶었어요. 형 앞에 서면 이 같은 질문을 쉽게 꺼낼 수 없는 어떤 벽을 종종 느끼곤 했기에, 원래 장난이나 농담을 잘 하지 못하는 성격이기도 하지만 더 숙연해지곤 했거든요.

전에 형이 이런 말을 한 적이 있어요. 그날은 평소와 많이 달라 보여 저는 선명하게 기억하고 있습니다.

"난 말이야, 결혼할 여자가 있었어. 엄마가 양반 가문에 상놈의 성씨 며느리를 들일 수 없다고 반대하셨지. 아버지가 일찍 돌아가셔서 엄마 혼자 바느질로 근근이 살았어. 6남매를 엄마 혼자 키웠는데 그 뜻을 저버릴 수가 없더라고. 나는 그때까지는 철저하게 모범생으로 살았거든. 지금은 길들여진 것에서 차차 자유를 향해 탈출하고 있지만…… 난 공부가 재미있었어. 대학 졸업하고 유학을 갈 생각이었어. 이상하지? 당연히 갈 수 있을 것이라고 걱정도 안 했는데 길이 다 막히더라. 지금? 선생 하는 것은 내 꿈은 아니었어."

뜻밖의 이야기에 저는 '형도 연애를 했었구나' 하며 놀라기나 했었지요.

"그런데 말이다. 뜻대로 안 된다고 불행에 빠지면 나만 손해잖아. 수용하고 또 수용하고 안 되는 것은 노력해."

그렇게 말하면서 형은 그 안에서 길을 찾겠다고 했어요. 선생을 오래 할 것 같진 않으니 준비가 되면, 때가 되면 형다운 길을 향해 한 발 더 가겠다고요. 그러면서도 인기투표를 하면 학생들에게 항상 일등인 형이었습니다.

"유학 못 간 것이 더 잘된 일인지도 몰라. 자조적으로 합리화하는 게 아니라 냉정하게 생각해보면 뜻을 세우기도 하고 성공도 해보고, 반대로 뜻을 버릴 줄도 알아야 더 자유로워지는 것 아닐까 생각해."

뜻을 세우는 일도 불안한 저에게는 어려운 이야기였습니다. 유치장에서의 시간은 느린 듯 빠릅니다. 어제는 전경 아저씨가 그러더군요.

"야 정소영! 너 아직도 안 나가냐? 유치장이 뭐가 좋다고! 한 달 채우는 놈은 너밖에 없다. 뭐야? 이러다 정들겠네. 얼른 콩밥 먹으러 가야지."

그렇게 저는 서부경찰서가 생긴 이래로 가장 오랫동안 유치장 신세를 지는 사람이 되었습니다. 법대로 하면 대부분은 일이 주 안에 구속 여부가 결정되는데 저는 한 달을 꽉 채워 구속이 결정될 것 같았습니다. 자못 나에 대해 궁금해하며 친절하게 구는 전경이 "대전경찰서에 너 사건 공범이 있다더라. 여자 하나, 남자 하나" 하고 비밀스레 이야기해주어 '청람회' 사건 구속자가 세 명임을 알게 되었습니다. 백여 명이나 고생했는데 세 명이 구속되었다는 사실이 다행이면서도 한편 놀랍기도, 씁쓸하기도 하였어요. 한 명은 규완 형일 테고 남은 한 명은…… 저와 같은 소모임을 하던 친구 연숙이였습니다. 백여 명이 고문과 구타 감금의 일방적인 폭력을 당한 결과로 낚시에 걸린 물고기가 고작 세 마리라면 다행인 듯싶긴 합니다만 연숙이를 생각하니 눈물이 납니다.

　나의 직속 선배인 용인 형은 눈치껏 피해 잡히지 않았습니다. 형사는 용인 형이 유인물 뿌릴 것을 지시했기에 도망간 그 사람 대신 너희가 희생되는 것이라고 이간질을 했습니다. 한편 규완 형에 대해서 어쩌다 잡혔냐고 비난할 마음은 없었습니다. 그 형은 민청학련 사건에 연루되어 감옥살이를 한 '베테랑'이었는데 얼마나 혹독하게 다루었을지 너무나 뻔했기 때문이지요. 들리는 이야기로 금강회 선배 중에는 너무 많이 맞아서 코뼈가 부러졌으며 정신병 증세를 보인 선배도 있고, 또 누구는 물고문으로 폐에 물이 차서 말하기도 고통스러운 지경이라 하였습니다.

　드디어 이감하는 날이 왔습니다. 검은 세단으로 교도소 문 앞에 도착하니 저 멀리 높고 높은 망루의 불빛이 외롭고 싸늘했습니다. 목동교도소는 일제강점기에 세워진 감옥으로, 목재로 지어져 나름 운치가 있는 곳이었지요. 문이 열리고 "넌 이제 4012번이야. 이름은 반납해라. 옷 벗어" 하며 짱짱한 여자 교도관의 곤봉이 나를 가르쳤습니다.

　죄수들 위에 군림하는 저 말투가 훅 꽂히더군요. 이 명령에 저항할 것인가 말 것인가 선택할 여지도 없이 순순히 따라야 한다는 데 치욕감이 몰려왔어요. 천천히 벗고 몸수색을 당하고, 죄수복으로 갈아입으니 문이 열리고 또 문을 지나…… 복도를 사이에 두고 양쪽으로 빼곡히 늘어선 여감방을 지나고 시멘트 바닥의 목욕탕과 화장실을 지나, 맨 끝 커다란 방으로 들어가라 하더군요. '병사'라 불리는 이 방은 여사 중에서 가장 큰 방이었습니다. 바로 옆에 붙어 있는 또 하나의 감방과 함께 환자들을 주로 수용하는 곳이었지요. 독방을 줘야 하는 정치범에게 줄 방이 없어, 이 병사를 혼자 쓰게 한 것인 줄 나중에 알게 되었지요.

감방 안에 들어서니 더러운 나무 바닥에 놓인 새카맣게 찌든 매트리스를 백열등 하나가 처량하게 비추고 있었습니다. 한쪽 벽에는 물이 가득 찬 양동이가, 바닥엔 새카만 찌꺼기가 깔린 것이 보입니다. 그럼에도 이제 나만의 공간에 가두어져 있게 되어 다행이라는 편안함이 찾아와 화들짝 놀랐습니다. 집 앞에 있는 버스 종점 같은 느낌이었습니다. 이 버스에서 몇 년을 살든, 내린다면 반드시 집 앞일 것이기 때문입니다. 언젠가는 이 버스에서 내릴 것이기 때문입니다.

창밖으로는 작은 마당이 보이고 높은 담벼락 아래로 언뜻 초승달이 처량하게 떠 있었습니다. 낯설어 엉거주춤 앉을 곳을 찾았습니다. 옆방에서 중얼거리는 소리가 들렸습니다. '여보…… 이제 다녀왔어요? …… 그건 아니잖아' '응 그렇지…… 그런데…….' 남편과 함께 여자 감옥에 와 있는 부부가 있었나 봅니다. 부부의 대화는 밤이 새도록 계속되는 것 같았습니다.

밤이 깊어지자 뼛속까지 찬기가 스며들어왔어요. 어떻게든 잠을 자고 싶었어요. 여기가 내가 머물 곳이기에 적응을 서둘러야만 했지요. 어찌할까 생각하다 15센티 두꺼운 매트리스를 번데기처럼 둘둘 말고 그 안으로 쏙 들어갔습니다. 그래도 잠이 쉽게 오지 않았습니다. 초승달이 시리도록 처량해 보이긴 처음이었지요. 다음 날 눈을 뜨니, 양동이 물이 바닥까지 꽁꽁 얼어 있더군요. 그때 창문을 똑, 똑, 두드리는 소리에 화들짝 놀랐어요.

"너 대전여고 나왔다며?"

"네."

교도관이 반갑다는 눈빛을 보내며 작은 목소리로 "나도 대학을 갔다면 너 같았을 거야" 하더군요. "도서관에 책도 있어. 심심할 텐데 빌려달라고 해." 평범한 얼굴에 화장기 없는 단발을 한 교도관의 목소리에, 낯설어 어리둥절한 마음이 좀 녹아내렸습니다. 그러나 국가보안법 위반이란 죄목 때문인지 그는 그 이상 친밀하게 다가오려 하지는 않았습니다. 나중에 알고 보니 여사의 교도관들은 거의 대전여고 선배들이었고, 유신과 광주항쟁을 알기에 정치범에 대해 편견을 갖지 않은 사람도 있어 보였습니다.

다음 날, 기상나팔 소리가 나자마자 옆방에 있던 깡마른 여자가 윗옷이 반쯤 벗겨진 채 질질 끌려 나오고 있었습니다. "나는 어제 했어. 목욕 안 해. 안 해" 고래고래 소리를 치자 덩치가 좋은 여죄수 둘이 양팔을 잡고 "미찌꼬! 이것이 미쳐 가지고, 말 안 들어? 목욕하는 날이야. 더럽게스리, 냄새난다." "아니라구. 벌써 했다니까?" "아이고 힘도 세네. 이년아 정신 차려!" 한덩어리로 몸부림을 치고 있었어요.

저는 접견 금지 정치범이라 죄수들과 대화해서는 안 되었지만 이 여인이 정신병에 걸린 옆방 여자라는 것을 알았습니다. 그는 남편을 살해하고 이 병사에 혼자 있었던 것입니다. 무슨 일로 남편을 죽이고 미쳤을까 싶습니다.

드디어 모든 죄수가 목욕을 마쳤습니다. 맨 마지막으로 목욕할 사람은 저였습니다. 모두 떠난 휑한 목욕탕에서 옷을 하나씩 벗으며 솔직히 오랜만에 속으로 웃지 않을 수 없었습니다. 한 달에 한 번, 딱 20분간 목욕을 하는 날이라는데 정작 너무 추운 나머지 집에서 보내온 내의를 세 벌, 양말 세 개를 껴입고 있어서 옷 벗는데 5분 이상을 써버렸던 것입니다. 옷을 하나씩 벗고 있는 제 모습이 거울 속에서 어처구니가 없어 웃고 있었어요. 그때 밖에 서 있던 교도관이 "10분 안에 준비하고 나와" 하는 것입니다. '어느새 시간이 된 거야? 목욕

하지 말까? 언제 머리를 감고 이 옷을 다시 입는담.' 그래도 재빨리 버둥거리며 더운물에 몸을 녹이려 샤워기를 틀었습니다. 얼굴로 물이 닿는 순간 으악, 비명이 튀어나오려는 입을 틀어막았습니다. 그리고 알몸으로 뛰쳐나오고 싶은 것을 간신히 참았습니다.

얼굴에 퍼부어진 샤워기 물이 무의식 깊은 곳에 눌러놓았던 고문의 공포를 깨워 온몸을 타고 소름이 돋게 하였어요. 석 달 동안 씻지 못한 몸을 쳐다보다 벌벌 떨며, 다시 그 많은 옷과 양말 세 켤레를 주섬주섬 입고 신었습니다. 그렇게 내 방으로 돌아오는 길에선 정말 자유가 그리웠습니다. 그 후로 얼마 동안은 세수를 할 수 없었습니다.

며칠 후, 옆방의 미찌꼬라는 여성은 징역 보따리를 들쳐 매고 죄수들에게 또 질질 끌려가고 있었어요. "내 남편 두고 어딜 간다고? 안 간다고!" 소리를 지르며 또 덩치 좋은 무기수들에게 끌려 뒷모습만을 남긴 채 떠났습니다. 저 여인은 도대체 무슨 일을 겪었을까요. 얼마나 힘들었으면 남편을 죽였을까 싶기도 합니다만 뭐라고 판단할 수 있겠어요.

한편 우연히 지나치다 본 다른 방의 예쁘고 참한

긴 생머리 여자가 궁금해졌습니다. 도무지 범죄와는 연관 짓기 어려울 만큼 얌전하고 단아한 느낌이 몸에 배어 있었거든요. 사회에서 만날 일도 드물겠다 싶은 우아한 20대 후반의 여인이었어요.

"응, 살인이야. 징역 15년짜리. 남편을 죽였다지. 신세 조졌어."

남편을 죽이고 들어온 여자가 많았습니다. 저 여자 그리고 미찌꼬에게 어떤 일이 있었는지 저로서는 상상하기도 어렵습니다.

다행히 제 방 앞에는 창틀 너머로 나무 몇 그루가 보이고 참새가 아침마다 놀러 오곤 합니다. '무기수나무'라 불리는 나무는 작고 볼품없었지만 정원의 초목 곁에서 자랐던 저에게는 퍽이나 정겨운 마음을 들게 해 주었어요. 무기수나무라 부르니, 본래 이 나무 이름이 그런 줄 알았습니다. 그러나 무기징역이 확정되면 그들이 심는 나무라 그리 부르게 된 것이라 했습니다. 무기수나 장기수들은 배식과 청소를 하며 "학생이여? 간첩이여? 빨래 있음 줘" 하고 말을 건넵니다. 가끔 교도관 눈을 피해 그들과 길게 대화를 나눌 때도 있는데, 간첩인 줄 알고 저를 경계하다가도 곧 나갈 거라는 따뜻한 위로의 말을 해줍니다. "4012번아, 이 방은 못써. 열 명이 같이 살아도 손발 다 얼어 터져서 동상 걸리는 곳이여. 해가 드는 방으로 옮겨달라고 해. 큰일 나" 하는 충고도 해주었습니다.

아닌 게 아니라 아빠는 군용 모포와 담요, 속옷, 양말과 책을 정성껏 보내주셨지만 햇빛도 난방도 없는 병사는 겨울을 나기엔 너무 추웠지요. 매일 무거운 매트리스를 돌돌 말고 그 속으로 들어가 잠을 청하지만 겨울이 깊어가고 있었습니다.

저는 인간이 가난과 불평등과 실패로 죄인이 되는 것이지 본래 악하다 판단하지 않습니다. 오히려 백지에 가까운 인간 본성은 정직하고 균형 있는 가치관과 조화로운 상생의 구조 안에서 꽃 피우게 해야 한다 믿는 편이지요. 이 믿음 때문에 피를 흘려야 하거나 믿음과 현실은 다르다 하여도 저는 이런 따뜻한 자세와 정서를 퍽 좋아하는 사람입니다.

문제없는 사람이 세상에 어디 있겠습니까? 큰 도둑과 살인자들은 버젓이 밖에 있고, 뒷배가 있으면 파렴치한 범죄도 덮을 수 있는 세상 아닙니까? 여기서 만나는 아줌마들은 민중이고 나의 엄마이기도 하기에 교도소는 참으로 편안합니다. 우리 집이나 대학교보다도 내가 받아들여지는 기분, 아시겠어요? 가슴엔 모두 피멍이 들어 있지만, 그래서 밤마다 피를 흘리겠지만 이들은 적어도 따스하더군요. 밖에 있을 때는 감히 짐작하지 못했던 감상들인 것을 압니다.

일제강점기에 나무로 지어진 목동교도소는 내부에 화장실이 없어 용변을 보고 싶으면 문 앞에 있는 나무 막대기를 내려놓아 신호를 보내고 기다려야 합니다만 저같이 외떨어져 있는 병사는 교도관이 자주 오지 않기에 불편하기 짝이 없습니다. 배탈이라도 나면 절대 안 됩니다. 그래도 좋은 점이 하나 있는데, 화장실까지 가는 길에 다른 방을 엿보거나 죄수들과 짧은 대화를 할 수 있다는 것이었습니다. 얼마 전에는 화장실을 핑계로 친구 연숙의 방을 몰래 찾아갔었어요. 저를 발견한 그 친구가 작은 철창으로 다가오는 모습에 깜짝 놀랐습니다.

"소영아! 어제 할머니 할아버지가 여기 왔었는데 우리 꼭 나갈 거라고 했어. 소영아. 할머니가 여기 왔었다니까!"

"그랬어? 어, 어…… 몸은? 괜찮니?"

그는 수석으로 사회학과에 입학한 수재였어요. 그 맑던 눈은 총기가 사라져, 마치 영혼이 빠져나간 것같이 휑하게 비어 있었습니다. 거의 먹지를 못했는지 마르고 비틀거렸습니다. 그는 깔끔한 짧은 머리에 평소에도 침착하고 분명한 자기 논리를 가진 친구였습니다. 그러나 지금은 쌍꺼풀진 눈과 작고 동그란 얼굴이 핏기가 하나도 없이 마른 풀잎 같았습니다. 그간의 고초가 어떠했을지 알기에 눈빛만으로도 슬픔이 가득 묻어났습니다. 맏딸인 그는 최근에 양친이 사업 부도로 빚쟁이들에게 쫓겨 시골에 은신하시고, 일요일이면 조치원 읍내를 돌며 떼먹혀 못 받은 물건 값을 받으러 다니곤 했지요. 그렇게 조금씩 받은 돈으로 동생과 양친의 생활비를 책임지며 성실하고 착하게 살고 있었어요.

'연숙이가 제정신이 아니구나.'

그를 보자마자 알았습니다. 환영을 보고 환청에 시달리다 미쳐가고 있는 것은 아닌가, 이제 어찌해야 할까……. 가슴이 미어진다는 것이 이런 것이었습니다.

"거기! 공범은 이야기하면 안 돼."

그렇습니다. 우린 '공범'이었고 만나선 안 되는 거였지요. 그의 손이라도 잡아보려던 손을 거두고 교도관의 눈치를 보며 재빨리 돌아왔어요. 제 방문을 여는 순간, 마룻바닥에 던져져 있는 낯선 하얀 우유 곽이 눈에 띄었습니다. 배식구로 가끔 누군가가 생선이나 꽝꽝 언 흰쌀밥 덩어리를 던져놓는 일이 있곤 했는데 누가 쓰레기를 던져놓은 듯싶었어요. 자세히 보니 우유 곽 안쪽의 반짝거리는 알루미늄 부분에 무언가 못으로 긁은 듯 잔글씨가 눈에 들어왔습니다. 누군가의 편지였어요. 정말 놀랍고 반가웠지요.

나는 5방에 사는 경희대 김경이라 해. 정치범이 들어왔다 하기에 너무 반가웠어. 어쩌다 들어왔니? 너는 무슨 일로 이곳에 왔는지…… 국가보안법이라니? 너의 사건이 무척 궁금해.
나는 집시법* 위반이란다. 80년 광주항쟁이 있고 나서 대학가는 극도의 침묵 속에 잠겨 있기만 했지. 시위를 시작하면 전두환이 공수부대를 투입할 것이란 소문 때문에 모두 나서길 두려워하는 분위기였거든. 오래오래 고민을 했

*   집회 및 시위에 관한 법률

어. 광주항쟁으로 내 가슴에 꺼지지 않는 불이 생겨 도저히 내 양심은 침묵하며 있을 수가 없더라.

시위가 예정되어 있던 그날, 광주 때 죽어간 동지들을 생각하니 쭈뼛거리는 분위기를 보고만 있을 수 없어 도서관 6층 옥상에 하얀 와이셔츠를 입고 올라갔어. 몇 명의 민주 동지들이 시국 토론회를 하기로 했던 날이거든. 나는 결연히 전날 밤에 쓴 '투쟁 선언문'을 읽었고, 마지막 문구 "광주학살 책임지고 전두환은 물러가라"를 목이 터져라 외치며 면도칼로 동맥을 긋고 내 하얀 옷을 피로 적시었지. 차라리 이대로 붉게 물들어 죽어도 좋았거든. 하지만 그길로 개처럼 끌려 가 병원에 있다가 2년 형을 받고 대전으로 왔단다. 다행히 이 사건 이후, 학원가가 다시 살아나고 있다니 너무 감사해.

건강해야 한다. 전에 보낸 흰쌀밥 덩어리는 7방 여자가 아기를 낳아서 선물받은 거야. 너도 좀 먹어. 편지도 꼭 보내줘.

저는 우유를 못 마시지만 우유를 사서 안에 든 것은 몰래 버리고 곽으로 편지지를 만들어 어렵게 주운 이 못으로 답장을 보냈습니다.

> 너무 반가워요. 광주항쟁으로 민주화 세력이 만만치 않음을 파악한 전두환 정권이 박정희에 이어 장기 군부독재를 위한 포석으로 반정부 세력을 모두 조직으로 엮으라는 명령이 있었다고 해요. 사실 그땐 몰랐지만…… 저는 고문에 의해 반국가단체로 엮여 들어왔습니다.

그 후, 그 언니는 나를 동생 돌보듯이 해요. 가끔 흘깃거리다 교도관이 안 보는 틈을 이용해 제 방으로 과자를 훅 집어넣고 쏜살같이 사라지곤 하였지요. 제가 있는 병사는 한참 동떨어져 있어서 여간해선 오기가 쉽지 않거든요.

교도소에 아기 울음소리가 퍼진 일이 있습니다. 쌀밥은 간통죄로 들어온 아주머니가 아이를 낳아 특식으로 나온 것이었습니다. 차마 입으로 넣을 수 없어 청소하는 분에게 슬쩍 드렸어요. 그분은 다급히 사방을 휙

둘러보고는 죄수복 안에 게 눈 감추듯 넣으시더군요. 아무튼 저 작은 방에서 열 명이 사는 것도 모자라 커튼을 치고 한쪽 구석에서 아기까지 낳고 지내다니 놀랍지 않을 수 없습니다. 포기하거나 입양을 보내지 않으면 어린아이는 함께 살 수 있는 모양이었어요. 나가봤자 힘들 것이 뻔하니 차라리 교도소가 나을지도 모를 일입니다.

드디어 검사의 지휘를 받으러 나가던 날, 죄수복을 입고 포승에 묶인 채 연숙이를 만나게 되었습니다. 교도소 마당에서 우린 두 손을 붙잡고 울었습니다. 만류하던 교도관도 모르는 척 뒤돌아 서주었습니다. 저는 그의 뼈밖에 남지 않은 손목에 감긴 포승줄을 보며 창백한 얼굴이 안쓰러워 한없이 흐르는 눈물을 어찌할 수 없었습니다. 교도관과 죄수들은 마당에 서 있는 우릴 내다보며 안타까워했습니다.

"저 어린 것들이 무얼 잘못했다고! 세상에."

우린 검찰청 안 작은 철창 안에 있다 호명이 되면 죄수 전용 계단으로 올라가야 합니다. 한참을 기다리다 보니 얼른 교도소의 내 방으로 가서 쉬고 싶었어요. 이리저리 끌려다니는 것이 피곤한 일이더군요. 결국 검사

앞에 불려 나가 그의 넓고 아름다운 포마이카 책상을 사이에 두고 앉았습니다. 젊은 공안검사는 얼굴을 힐끗 쳐다보며 사뭇 진지하게 물었습니다.

"이 자술서 네가 쓴 것이고 모두 사실이지?"

갈등이 시작되었습니다. 무심코 흘러내리는 수갑을 보니 손목이 쑥 빠져나와 있었어요. '수갑을 제대로 채워주기라도 하지. 잘하면 도망도 갈 수 있는 거 아니야?' 무심코 그런 생각을 했지요. 죄수복 차림으로 준비 없이 도망가면 얼마나 오래 버틸까? 아마 곧 잡히겠지…… 다른 쪽 손으로 수갑을 눌러 제대로 채우며 생각을 현실로 돌렸습니다. '이 젊은 검사에게 진실이 통할까? 아니면 오히려 불이익을 당할까.' 이제 와 이 이상 당할 일이 무엇일까 싶기도 했어요. 재판이 시작되면 조작된 자술서대로 진행이 될 텐데 그래도 진실을 말해야 하지 않을까, 고문당해서 그리 썼다고 하면 또 고문을 할까, 검찰이 그런 짓까지 하지는 않지 않을까…… 하지만 어차피 각본대로 재판을 받고 결국 징역을 살 것이 뻔하다는 결론이었어요. 곧이어 용기를 내 여기서부터 바르게 잡아가야 한다는 생각에 이르렀습니다.

"아닙니다. 자술서는 제가 썼지만, 고문에 의한 것

이며 사실이 아닙니다."

그렇게 말을 해야만 했습니다. 그러고 보니 고문 경관들이 하나같이 저에게 복면을 씌우고 이름을 알려 주지 않은 이유를 알 것 같았습니다. 사실 저는 제가 끌려갔던 곳이 어디 소속인지조차 알지 못했습니다. 제 발언에 검사는 한동안 말이 없었습니다. 한참을 쳐다보다 머리를 쓸어 올리더니 긍정도 부정도 아니지만 내심 알고 있는 듯한 어조로 "돌아가" 하더군요.

그동안 당한 것을 생각하니 우리가 주눅 들고 고개를 조아릴 하등의 이유가 제게는 없었습니다. 그 검사야말로 정치 권력의 하수인이고 어차피 저는 징역을 살면 그만이니까요. 그렇게 또 세월이 흐르고 한동안 저는 다시 불려 가지 않았어요. 한 달 안에 기소 여부를 결정해야 하는데 다시 한 달이 지나가고 있어 이대로 기소가 되려니 생각했습니다. 불현듯 호출이 있던 날, 전의 그 대전여고 선배 교도관이 나지막하게 말했습니다. "잘 말해. 너희는 일찍 나갈 수도 있어. 응?" 하며 격려를 해주었지요.

검사를 다시 만나기 위해선 오래 기다려야 했습니다. 퍽 지루했지만 연숙이와 이런저런 이야기도 나눌 수 있었어요. 그는 전보다 좀 안정이 되어 보였지만 말이 없어지고 초조한 듯했습니다. 그리고 기다림 끝에 들은 말에는 부정할 수 없이 가슴이 뛰었습니다.

"너희 때문에 서울 공안부장검사에게 가서 이 문제를 상의했다. 너무 어리고 초범이라 내가 책임지겠다고 했어. 다시는 운동권 활동 안 한다는 반성문을 써라. 잘 써. 가봐라."

그날, 순찰을 돌던 교도관이 몰래 찾아와 "반성문 잘 써. 나갈 수 있다잖아" 하며 펜과 종이를 가져다 주었습니다. 또 갈등이 찾아왔습니다. 반성문을 쓸 사람은 내가 아니기 때문입니다. 제가 반성문을 써야 할 이유가 없었습니다. 잠이 쉬 오지 않아 뒤척이는데 밤은 저 혼자 깊어갔습니다. 다음 날 결국 반성문을 쓰게 되었지요.

'무엇을 잘못했다. 그것을 다신 안 하겠다. 어쩌구, 저쩌구……' 쓰다 보니 한심한 생각이 들었습니다. 어린 시절 에미가 부엌에서 두부를 딱, 하고 반 자르는데 무심코 지나가다 제가 본적이 있습니다. 두부 가운데에 있던 지렁이가 함께 반으로 잘려 온몸을 비틀고 빠져나오려 몸부림치는 것을. 반이 잘린 두부라는 세계에서 빠져나오려는 모습을요. 오늘의 제가 바로 딱 그 지렁이 같습니다. 이상은 높고 현실은 지렁이였습니다.

사실 그날 이후 저는 지렁이 트라우마가 생겼었지요. 중학교 때 세천유원지로 소풍 갔던 날은 전날 비가 와서 숲속 오솔길에 커다란 지렁이가 길 위로 가득 나와 몸을 말리고 있었습니다. 선생님이 "겁내지 말고 뛰어" 하자 친구들이 비명을 지르며 달리는 뒤로 지렁이들이 여기저기로 튀어 올랐습니다. 크고 허연 지렁이들이 밟히다 튀어 오르며 잘려나가는 뒤로, "뛰어가! 가란 말이다" 하는 선생님의 명령과 뒤에서 기다리는 친구들에게 밀려 저도 뛰고 또 뛰었습니다. 그렇게 많은 지렁이는 악몽이었습니다. 우리도 언젠가 그 지렁이들처럼 밟으면 꿈틀할까요?

형, 이 편지도 보내지 못하겠지만 그냥 불러보고 싶습니다.

건강하시고 건강하세요.

반성문을
써야 할 이유

아빠에게

아빠에게 편지를 쓰려니 입술만 깨물며 한참을 망설이게 됩니다. 일흔이 넘은 아빠에게 처음으로 쓰게 될 편지가 이런 곳에서 이런 내용일 줄은 꿈에라도 생각해본 적이 없었습니다. 세상 누구에게도 저는 죄스럽지 않은 죄인으로 수감되었지만, 아빠에게만은 죄인이라는 느낌을 지울 수가 없네요. 이 글을 쓰며 오만인지 고집인지 모를 제 마음을 들여다보려 합니다.

어제 검사실을 나오는데 검사가 저의 뒤통수에다 불현듯 한마디 하더군요.

"정소영, 아빠가 매일 찾아오는 것 아나? 공무원으로 박정희 대통령 표창받은 분이시더구먼. 본인이 잘못한 거라고 반성문을 매일 써서, 복도에 서 계셨다. 우리 딸은 절대로 착한 아이이며 자신이 잘못 가르친 거라고. 사람들의 탄원서도 받아 왔더라. 딸은 김일성을 찬양할 아이가 아니라고. 그래서 서울 중앙공안검사에게 갔다 온 거다. 나이도 어리고……"

한참 말을 잇던 그는 긴말 않겠으니 반성문을 쓰라 했습니다. 그러면 조건부 기소유예로 처리해보겠다고요. 다시는 가담하지 않겠다 잘 쓰라고도 했지요.

저는 지금 반성문 쓸 종이와 펜을 허락받았습니다. 아빠가 추위에 떨고 있을 딸 생각에 잠을 잘 수 없어, 따스한 옷과 구하기 힘든 군용 담요를 사 보내셨다는 것을 알게 되었습니다. 이 겨울에 집에 편안하게 있는 것이 너무 힘들어서 면회 안 되는 줄 알면서도 교도소 마당을 자주 서성이며 이 책 저 책 넣어주신다는 사실도 알게 되었습니다. 친한 교도관을 통해 뭐라도 넣어주려고 오셔서 교도소 높은 담벼락을 하염없이 보다 한숨을 쉬며 돌아가신다는 것도 이제야 알았습니다.

뒤뜰 정원의 나무를 가꾸던 당신이 슬그머니 제 손에 몰래 용돈을 쥐여주고, 양모가 싫어해도 예쁜 옷 입혀 사진 찍어주며 극장에 데려가시던 것을 기억합니다. 구두를 매일 정성껏 닦아 가지런히 등굣길 현관에 놓아주시고, 비 오는 날에는 5번 버스 정류장에서 한참을 기다려 불쑥 우산을 내미시던 당신의 손을 기억합니다. 우린 말이 없었지요. 그냥 그런 일들이 일어났고 저는 아빠에게 한 번도 다정하게 고맙다는 말을 하지 못했습니다.

딸을 대학에 보냈다는 자랑스러움도 잠깐, 오늘 당신이 노구를 이끌고 어린 검사에게 죄인인 듯 고개를 조아리며 선처를 부탁했다는 사실을 알게 되었습니다. 그래서 갈등을 접었습니다. 마음이 하나가 되니 편안하게 반성문을 쓸 수 있을 것 같습니다. 무엇을 어디서부터 반성해야 할지 아득하긴 하지만 의례적인 글도 이럴 때는 의미가 있다 믿고 싶군요. 애물단지 딸이 되어 죄송하고 감사합니다. 그리고 사랑합니다.

곧 나가서 뵐게요.

봄바람처럼
헝클어지고

현진 형에게

지난달에 형이 안부를 묻는 편지를 보내주셔서 반갑게 읽었습니다. 저는 반성문을 쓰고 나온 지 어느새 두 달이나 되었네요. 교도소 문을 나서니 아빠가 기다리고 있었어요. 이상하게도 아빠는 아무 말씀도 없으셨어요.

길고 검은 겨울 코트에 목도리를 두르고 교도소 문 앞에 혼자 서 계셨습니다. 아빠는 만감이 교차해 무슨 말을 해야 할지 도저히 알 수 없다는 표정인 듯했습니다. 그저 '나왔으니 됐다' 하시는 눈빛뿐이었어요. 그래서 저도 아무 말도 못 했습니다.

그간 눈앞의 현실과 감응하고 동조하는 능력이 작아졌는지 이것이 현실일까? 하는 약간의 분리감이 생긴 듯 가끔 꿈속을 헤매는 것 같군요. 이전의 내가 없어진 듯, 무엇인가 아련하게 잡히지 않는 정체 모를 것이 가끔 나를 어둠으로 몰고 가곤 합니다. 무척 기쁠 줄 알았는데 말이지요.

출소해서 가장 놀란 것은 양모의 변화였어요. 그분은 그동안 하루도 빠짐없이 내 작은 방에 조용히 들어와 향을 켜고 아침저녁으로 기도를 올리며 나의 안위를 걱정하셨다 하더군요. 양모의 성격대로라면 날 잡아먹을 듯 혼낼 만도 한데 그는 그저 저를 데리고 절로 가셨습니다. 유명한 스님에게 저를 보이고는 놀랐을 때 먹는다는 빨간 약을 입에 넣어주시더군요. 그동안 연행된 저의 친구와 선배들의 가족들과 '연행자 가족 모임'을 꾸리시고 자주 모여 우리가 어디에 있는지 정보도 나누며 서로 의지하셨다 합니다. 너무 감사했어요.

형은 어떻게 지내시는지요.

봄이 오고 있습니다. 전화를 학교로 하기도 그렇고

봄방학도 끝나가는데 대전에 오셨는지요? 형이 좋아하는 호남식당 북엇국과 고등어구이를 함께 먹을 날을 기다려봅니다.

아! 이제 마음을 턱 바닥에 내려놓고 그동안 일어난 일들을 꼭꼭 씹어 소화라도 시킬 겸, 생각 없이 친구와 수다를 떨며 웃고도 싶은데 아직 봄바람이 차갑습니다.

저에겐 대학 시절 만난 단짝 친구가 하나 있습니다. 대학에 첫 등교하던 날, 같은 문과대 학생이었던 그는 두루마기를 입은 독특한 복장으로 내 눈을 사로잡았어요. 과대표를 뽑던 날 "제 이름은 하지우입니다. 과대표가 되면 단합대회를 하고 학회도 활성화하겠습니다" 하며 또랑또랑 거침없더군요. 남자 양복을 입고 짧은 머리를 옆으로 빗어 올린 그는 누가 보아도 시선을 잡아끌었어요. 그의 이유 있어 보이는 반항 정신이 마음에 들었습니다. 현실을 슬쩍 깨며 호기심으로 가득 찬, 막 물오른 새싹 같은 파릇한 열정으로 우린 금세 친구가 되었습니다.

강의 중간중간, 음악 감상도 하고 밤을 새워 세상 이야기와 가족 이야기로 함께 잠을 설쳐도 좋았지요.

같은 역사학과를 지원하고 스터디 모임도 함께 하는 동안 그의 논리적이고 체계적인 달변은 일취월장하였고 많은 사람을 매료시켰습니다.

　어느 날 교문으로 쳐들어오던 전투경찰이 쏜 최루탄에 눈물 콧물을 흘리며 문과대로 도망가다가 도서관에서 나오는 그를 보았습니다. 그는 이제껏 시위 현장 어디에서도 만날 수 없었어요. 우린 같은 역사의식과 문제의식을 가졌는데 왜 다른 세상에 살고 있는 것일까? 의문이 들었지만 친구니까 크게 이상히 여기지 않았었거든요. 작년에 그의 집에 놀러 갔던 날, 그의 오빠와 언니가 모두 교수이며 아빠는 연필공장 사장임을 알게 되었습니다. 그리고 그가 여성인 자신에게 만족할 수 없어 묘한 열등감에서 비롯한 열정을 가졌으며 자신의 오빠와 언니보다 출중한 교수가 되고 싶어한다는 것도 알았습니다. 아마도 나처럼 아들이 아니라는 이유로 집안 어른들의 외면과 차별을 받는지도 모르겠어요.

　교도소에서 나와 며칠이 지나도 그의 연락이 없어 에미에게 물었어요.

　"지우 연락 왔었어?"

　"너 사라지고 친한 친구들에게 여러 번 전화해도

통 안 받고 오지도 않았어. 우리가 전화하는 걸 좋아하는 사람이 있겠니?"

"아, 그래. 그래도 출소한 줄 알면 한 번쯤 올 때가 되었는데. 내가 연락하기도 그렇고."

"하지 마라. 불편해할 거야."

에미는 담담하게 상황을 안다는 듯 이야기했습니다. 한참을 지나 계절이 바뀔 때쯤, 반갑게도 그가 문을 두드리더군요. 어리광부리듯 친구에게만 내보일 수 있는 심경을 길게 수다를 좀 떨고 싶어 몇 달 만에 신이 났었습니다. 그러나 그는 제 이야기가 끝나기도 전에 아무렇지도 않은 듯 다른 이야기를 했어요.

"서양사 교수님 알지? 문화사 가르치는 교수. 강의를 듣다 교수실에 책을 소개받으러 몇 번 갔었는데 글쎄 경주에 세미나가 있다고 같이 가고 싶다고 하시더라! 그래서 같이 갔다가 호텔에서 함께 있었어. 지금도 가끔 만나."

지우의 옷차림이 어쩐 일로 붉은빛이 섞인 치마인 이유를 그때에서야 알겠더라고요. 방문을 들어선 그의 놀라운 변화! 치마를 입고 손에는 작은 핸드백이 들려 있어서 사실 눈을 어디에 둬야 할지 몰랐었거든요.

'연애를 하고 있었구나. 교수님하고…… 아빠뻘인 사람하고.'

어색한 침묵이 이어졌지요. 그리고 내 가슴에는 싸한 마지막 겨울바람이 가득 들어와 헤집고 나가더군요. 어느 곳에서 우린 만날 수 있을는지요. 다름을 인정하고, 한 공간에서 각자의 방식으로 생각하고 행하며 살아가는 것이 인생일지도 모르지만 저는 너무 다른 것은 놓아버려야 한다는 생각을 하게 됩니다.

연숙이는 출소 후 다행히 건강을 회복하고 사귀던 선배와 결혼을 결심했다 하네요. 저는 이제 무기수나무에 앉았다 푸드득 교도소 담장을 날아오르던 참새처럼 자유로운데, 왜 방구석에서 이렇게 무언가에 짓눌려 악몽을 꾸는지요. 세수할 때마다 아직 얼굴에 물을 끼얹을 수가 없어 가족들 몰래 물수건으로 고양이 세수를 하는지요.

드디어, 긴 침묵의 겨울이 지나고 아스라이 봄바람이 불던 날, 아주 비밀리에 과거 우리 조직들의 모임이 있었습니다. 함께 고문받던 선배들과 동기들의 모임인데 도시 외곽의 음식점까지 미행을 조심하며 찾아갔지요. 선배들은 무언의 인사를 하시더니 음식과 술을 먹기 시작했어요. 참 이상하지요? 지하 감옥에서 서로 만날 수 없었기에 그렇게 보고 싶고 안부가 걱정되던 친구와 선배들이건만…… 손을 잡고 위로하고 얼싸안고 싶었는데, 분위기는 싸하고 무겁기만 했습니다. 모두 반성문을 썼을 것이고 감시 대상이겠지, 하고 이해해보려고 애썼지만 무언가 인간적인 성취감 같은 것이 없었지요. 그러고 보니 같은 '조직원'이었지만 경제학과 동기들과 개인적인 이야기를 해본 기억이 별로 없더군요. 우린 모이면 공부하고 토론하고 조직화하고…… 각자 고민 같은 것은 그저 스스로 알아서 했으니까요.

솔직히 가슴에 약간의 허탈감과 분노가 밀려왔습니다.

'참 나약하구나. 솔직하지도 않고.'

술을 먹지 못하는 저는 일찍 나와 들판을 걷기 시작했습니다. 외떨어진 판암동 숨두부*집은 한참을 걸어야 버스정류장이 나왔습니다. "휴." 나도 모르게 어두운 하늘을 보며 한숨이 나왔어요. 그때 술에 만취된 남자 동기가 따라 나와 무슨 말인가 하려는 듯하더니 시니컬

---

*   순두부의 충청 방언

하게 뒤틀린 웃음을 뿌렸습니다.

"야. 너는 말이야, 내 생각에는 말이야, 음, 너는…… 그만둬."

그는 제정신이 아닐 정도로 취해 있었는데 무슨 말인지는 몰라도 비아냥대는 느낌이었지요. 그건 자신에 대한 비난, 그 자신의 인생에 대한 푸념이었을지도 모르겠습니다. 평소에도 잘나고 싶어하며 내 옷차림과 '여성적인' 부분을 지적하고 싶어했던 친구인 줄 알기에 말입니다.

그곳에 여자는 나 혼자였고 제가 유치장과 교도소를 전전하는 동안 그들은 일찍 사면되어 나왔으니 마음을 추스를 시간이 더 많았을 텐데, 그토록 위축되어 있는 모습이 한편 실망스러웠습니다. '고생했다' 하며 툭툭 어깨라도 쳐주거나 '다시 힘내자' 하며 서로 손이라도 잡을 수 있는 것 아닙니까? 하지만 전 오히려 이번 사건으로 민주화운동을 해야 할 이유가 확고해진 것을 부인할 수 없습니다. 불과 몇 달 동안이었지만 가난과 불평등의 실제 현실을 보았고, 유인물을 뿌렸다는 이유로 인간을 고문하는 권력은 바뀌어야 한다는 구체적인 깨우침을 갖게 된 거지요. 그렇다고 친구이자 남인 이들을 '자유주의자'라거나 '행동하지 않는 양심' 같은 말로 비난하고 싶지는 않습니다. 누구를 비난하면서까지 내 주장이 옳다고 하는 것은 비겁한 일이잖아요.

시간도 남고 집 안에 있기도 그렇고, 복학하면 학교로 돌아가야 하는데 이런 상태로 무엇을 할 수 있을까 싶어서 아르바이트를 했습니다. 한의원에서 약 제조 일도 하고, 『대전일보』 신문 보급소에서 배포 일 돕는 것도 하고, 닥치는 대로 봄바람처럼 웅성웅성거리며 걸었습니다. 그러다 우연히 매일 나를 졸졸 따라다니는 여자아이를 만났어요. 묘하게 중성적인 그는 청주대 작곡과를 나왔는데 남성으로서 연인으로서 자신을 받아달라 졸라대는 겁니다. 처음 자신을 남성이라 주장하는 그를 보며 저는 제 자신이 정신이 나간 건가 싶기도 했습니다. 너무나 집요해서 당황스러울 지경이었고요.

작고 통통하고 짧은 머리를 한 그는 자신이 여성이 아니라 말할 때마다 작은 쌍꺼풀 눈을 반짝이며 지휘를 하듯 손을 내저었지요. 아이보리 잠바를 걸치고 남자 지갑을 뒷주머니에 찬 채 씩씩하게 걷다가 길거리에서 담배를 피우곤 했습니다. 언뜻 보면 여자다 싶은 이의 몸에 밴 남성적 태도가 제겐 혼란스러웠어요. 여행을 가자 졸라대기에 가끔 혼자 부산행 열차를 타고 바다를 보러 갔던 것이 그리워 함께 떠났어요. 에미의 언니인 부산 이모님은 반갑게 우리를 위해 방을 내어주셨고 그 날 밤, 한방에서 잠을 잤지요. 그런데 잠든 척하자 낯선 손이 내 몸을 더듬기 시작했습니다. 손길이 나긋하게 다가와 몹시 부드러웠어요. 형에게 이런 이야기를 하려니 좀 쑥스럽긴 한데, 그래도 하겠습니다. 남성이 알지 못하는 여성의 취향을 그는 잘 알고 있는 듯 보였습니다. 음……. 생각다 못해 깜짝 놀라는 척 그를 밀어내며 "네가 여자인지 남자인지 보여줄래?" 했더니 상처받은 듯 돌아눕던 그는 여행에서 함께 돌아온 후에 종적을 감추어버렸어요. 여행 이후 몇몇 여성들과 함께 그의 집을 찾아갔을 때도 그리고 지금까지도 그 이상 이야기를 나눠보지 못했으니 그 녀석 입장을 다 알 수는 없는 일입니다.

저는 레즈비언 친구 몇 명을 알고 있어요. 그중 한 사람은 신문사에서 만난 중학생 소녀로 고아나 다름없는 아이였는데 위통으로 고생해서 며칠 우리 집에 데리고 있으며 약을 지어주곤 했거든요. 에미가 죽도 쑤어주었어요. 몇 달 후에 찾아왔는데 사귀는 여자친구를 술을 퍼마시고 팼다 하더라고요. 바람을 피웠다고요. 어깨도 떡 벌어지고 얼굴도 험악해져 예전의 그 아이 모습이 아니었습니다. 그는 여자라는 이유로 받아온 멸시, 아버지와 동네 아저씨들에게 당해온 폭력의 상처가 깊은 채로 여성과의 사랑을 선택했던 친구였기에 다시 봤을 때의 그 모습이 아프게 기억에 남았습니다. 그가 있는 그대로 자유롭고 당당하게 살아가기만을 바랍니다.

봄이 왔으나 꽃이 핀 것도 보이지 않고 목련꽃이 추하게 떨어진 모습에만 눈이 갑니다. 학교로 복학해야 하는데 다리가 무겁습니다. 본의 아니게 이마에 '빨갱이'라는 주홍글씨가 새겨져 물로는 지워지지 않는군요. 자유를 얻었는데 왜 행복하지 않은 걸까요? 참 이상한 게 제 마음입니다. 횡설수설을 했네요. 형을 만나야 매포강가에 가서 노래라도 부를 텐데. 이 편지는 봄방학이 곧 끝나니 학교로 보내보렵니다.

연락을 기다리며.

감옥 아닌 곳이
어디인가?

1982년 6월 25일

민호에게

너무나 미안해서 편지를 써.

　며칠 전에 보안대에 끌려갔다가 오늘 나왔어. 혹시라도 너에게 문제가 생길까 봐 걱정이 되어서 편지를 쓴다. 너에게 보낼 수는 없겠지만 불안한 마음을 적어야 내 마음이 편해질 것 같아서.

　어느새 너를 만난 지도 벌써 2년이 되었구나. 우리가 처음 만난 것은 잠깐 자유에 취했던 1980년도 봄 대학 축제에서였지. 기억하니? 유신 시대는 정말 혹한과도 같았지. 엄동설한이 끝나고 전두환이 실권을 장악하기 전의 짧은 봄바람을 우린 서울의 봄이라 불렀어. 그리고 곧 전국에서 민주화 열기가 뜨겁게 넘쳐흐르기 시작했어. 충남대 학생 2000여 명이 '계엄 해제, 유신 잔당 척결'을 외치며 가두시위를 하고 대전역까지 진출한 1980년 5월 1일은 정말 뜻깊은 날이었지. 이날 학생들과 경찰이 충돌하여 기동경찰관도 많이 다치고, 대학생도 몇몇이 부상을 입고 연행되었다 하더라고.

흔히들 민주화운동의 불모지라고 평가하는 대전에서는 아마도 최초의 대규모 학생 시위였을 거야. 봄 축제가 시작되어 마당에 횃불이 켜지고 유신정권을 풍자하는 마당놀이가 한창일 때 처음으로 '이게 대학이지' 싶어 기분이 좋았어. 해가 질 무렵 막걸리에 살짝 흥이 난 네가 아는 체를 하며 쭈뼛쭈뼛 다가왔었지. 마른 몸에 갈색 바지를 입고 수줍게 웃으니 이마에 주름이 지던 모습이 생각나. 비공개 조직에 경제학회 대표로 있던 친구들에게서 경제학회에 똑똑한 친구가 있다는 이야기를 듣고는 있었어. 우린 서로를 소개할 것도 인사할 것도 없이 이미 잘 아는 사이처럼 걸으며 이야기를 시작했잖아. 마침 나는 집으로 가려던 참이라 우리는 자연스럽게 집 쪽으로 걸었지. 정치와 역사와 종교와 인간에 대한 이야기로 시간 가는 줄 몰랐었네. 내면의 세계와 자신의 인격을 위해 치밀하게 고민하고 스스로 노력하는 네 모습이 인상적이었어. 넓은 지식과 깊은 통찰력도 그렇지만, 그 이상으로 섬세한 너의 감성이 따스하게 내게 스며들어왔지. 좋은 친구를 얻었구나 싶어 내심 참 기뻤다.

그런데 집에 거의 도착했을 때 예상치 못한 일이 있었지. "너를 좋아해. 같이 있자" 하며 갑작스레 나의 가방을 잡고 놓아주지 않았잖아. 나는 내일 학교에서 보자며 가방을 돌려달라 했지만 실랑이가 길어지자 점차 화가 나기 시작했어. 주변에 가게가 있는 것도 아니고 저 건너에 아파트 불빛만 가물거리는 황량한 곳이기도 했으니까. 막무가내인 너를 보며 '이 밤에 더 있자 하다니' 하는 생각과 붙잡힌 가방을 보며 '책이 있어야 내일 수업을 듣는데 어쩌나' 하는 생각을 번갈아 했지. 어둠이 깔린 도로에는 흐릿한 가로등뿐인데 너의 얼굴을 쳐다보고 싶지 않아 결국 가방 끈이 끊어질 각오를 하고 있는 힘껏 잡아당겼어. 결국 가죽 가방은 찢어지고,

내용물이 든 부분만 챙겨 가슴에 안고 뒤도 돌아보지 않고 집으로 씩씩대며 왔단다.

쓸쓸했어. 앞으로 너를 만나면 어떻게 해야 할지 울고 싶더라. 나는 전혀 준비가 되어 있지 않았거든. 너도 아마 당황했겠지만 처음 만난 여자에게 그렇게 할 수 있는 너의 자신감이 내겐 벽으로 다가왔다. 너의 가늘고 커다란 손에 남겨진 가방 끈을 보며 넌 무슨 생각을 했을지 모르겠다. 너는 다음 날 도서관에 찾아와 편지를 슬쩍 놓고 웃으며 바삐 가더구나.

> 소영! 아침 산책을 하면서 햇살이 눈이 부시게 아름다운 날, 난 당신을 사랑할 수 있어 행복합니다. 가슴 가득 기쁨이 차올라 당신을 생각합니다. 사랑할 수 있는 오늘, 당신이 있어 행복합니다.

너의 편지를 읽고 '너에게 다가갈 시간을 좀 줘' 하고 답장을 보낸 것 기억하고 있겠지?

난 마오쩌둥 평전을 보고 사회주의 이상과 가치관에 감동받은 적이 있어. 생뚱맞게 무슨 말이냐고? 그는 인류에게 평등한 사랑을 실천하고 싶어했다고 생각해. 가난 속에서도 기회는 공평해야 한다는 인본주의 철학을 실현할 사회를 주장했고, 지식인도 3년간 육체노동을 배우게 하고 노동자도 지적 경험을 가질 기회를 국가가 배려하여 학력에 따른 임금 격차와 빈부 격차를 줄이려는 시도를 했지. 그러나 그가 이론을 적용한 과정은 지나치게 폭력적이었고 빠른 결과물을 원했기에 실패로 이어졌다고 생각해. 누군가는 불가피한 과정이었고 나름의 성과가 있었다고 주장할 수도 있겠지만, 동기가 선하다고 해서 수많은 지식인을 죽인 문화대혁명이 성공했다 할 순 없으니까. 선한 동기는 총이 아니라 소통과 합의의 힘이 자주적으로 자라야 결실을 맺겠지. 급하다고 나무를 잡아 뽑을 수는 없잖아. 서둘러 원하는 결과를 보고 싶다면 그건 사랑이 아니라 욕망일 거야. 사람과의 관계도 난 그렇게 생각해.

민주화의 길 역시 우리의 어리숙함과 미완성의 통찰력으로 인해 피로 물들지 않기를 바라. 광주에 체계적이고 힘 있는 지도부가 있어 전국적 조직이 사전에 준비가 되어 있었다면 그리 고립되어 당하지만은 않았을 거야. 민주를 지향하는 사람들이 정작 삶의 태도는 민주적이지 않고, 자유를 주장하면서 스스로는 자유를 모르고, 평등을 이야기하고 원하지만 대부분 차별 속에 살고 있거든. 우린 배운 것이 반민주고, 부자유고, 불평등이고 어디에서도 민주, 자유 평등을 체득해본 적 없는 사람들이야.

그래서 더욱 우리에게는 자신을 단련시킬 시간이 필요하지 않을까. 나에게도 사랑이 스스로 자랄 시간이 필요하단다. 쓸데없이 거창하게 에둘러 말하고 있네.

솔직히 여성으로서 너에게 다가가기가 왜 이리 어려운지 모르겠다. 지금껏 남성인 누군가를 사랑하는 법을 배우지 못해서일까, 하는 자조적인 생각도 해본단다. 아니면 너와는 친구로 남는 인연이 자연스럽기 때문일까? 나는 여성이라는 일부분이 아닌 전체로 너와 만나고 싶은 것인지도 몰라. 아니면 첫 만남에서 사랑을 강요받은 듯한 느낌이 불편한지도 모르겠다. 쓰고 보니 애매하고 이상한 변명을 하고 있구나.

내가 교도소에서 나온 다음 날, 네가 찾아왔었지. 나의 생모가 "다른 사람들은 쉬쉬하며 두려워 몸을 사렸지만 민호는 자주 왔었다"고 전해주셨어. 나의 안부를 묻고 구속자 가족 모임에도 나오며 걱정을 해주었다고 말이야.

"몸은 괜찮아?" 하며 애처롭게 쳐다보는 너의 눈빛은 참 진실하게 반짝였어. 순간 "이번 가을을 놓쳐서 아쉽네" 하는 말이 나도 모르게 쑥 튀어나왔지. 다음 날 내 방문 앞에 서 있던 너의 손에는 가을꽃들을 하나둘 모아 만든 꽃다발이 들려 있었어. 그렇게 네가 채워준 방 안의 향기가 정말 따스했어.

그리고 오래지 않아 군대를 간 네가 외출 나왔을 때 "면회 와주길 기다리고 있어. 식탁에 항상 빈자리를 하나 마련해놓았는데" 했던 말이 기억나서 대신 편지를 썼지. 그 편지는 제대로 부쳤거든.

학교에 학원자율화추진위가 생겼다는 이야기, 오원춘 씨 사건[4]으로 가톨릭 농민회의 기도회에 잠깐 가보았던 이야기도 썼어. 영양군이 배포한 불량 감자 씨앗을 폭로했던 오원춘 씨가 울릉도로 끌려가 고문과 협박을 당해 그동안 거짓 진술을 했다는 양심선언을 하시더구나. 그다지 재미없는 학교 생활 이야기도 썼다. 하도 수업을 안 들어가다 시험 기간에 강의실을 못 찾아서 학점을 흘렸다고⋯⋯.

그런 편지를 보내고 한 주가 지나지 않아 한밤중

'딩동' '딩동' '딩동' 소리에 깨어났어. 가족 모두 정신줄을 꽉 잡았지만 악몽이 떠올라 가슴이 철렁했었어. 아빠가 간신히 추스르고 문을 여니 잠바를 입은 회색 남자 둘이 큰 덩치로 문을 다 막고 서 있는 거야.

"정소영 어디 있어?"

"무슨 일로……?"

"잠시 조사할 게 있다. 나와, 빨리!"

가족들은 다시 혼란과 두려움에 몸을 떨었지. 나는 오죽했겠니. 또다시 얼굴에 검은 두건이 씌워지고 나를 실은 차가 어둠을 뚫고 어딘가에 도착했다. '또 무언가? 또 시작인가?' 재빨리 지난번 출소 이후 나의 행적을 정리해보았어. 어디서 불법을 자행했나? 서울 친구가 준 그 문건이 문제가 되었나? 책 중에 불온서적이 몇 권이나 되지? 며칠 전에 만난 역사 소모임을 눈치챈 건가? 이화여대 다니는 친구가 부산 미문화원 방화 사건[5]에 연루된 건가? 도무지 알 수 없으나 모든 것이 문제일 수도 있는 난감함이 엄습해 오는 것을 어떻게도 막을 수 없더구나. 수백 번 지워버리려 했어도 여전히 고통스러웠던 과거의 경험이 욱신대기 시작했지.

나는 또 쇠 의자에 앉혀졌고 수사관이 나를 노려보

며 들어오더구나. 40대 후반쯤으로 보이는 머리가 벗겨진 검은 얼굴의 아저씨가 책상을 치며 무섭게 소리 질렀어. 이 사람들은 형사도 아니고 무언가 더 두렵고 엄격한 분위기가 있었다.

"자! 네 일기에 DY라 쓴 이 사람이 누구냐? 그리고 오원춘 사건 기념식에 갔다고? 누굴 만났어. 누가 가자고 했지?" 외치며 내 방에서 집어온 책들과 내 일기장을 와르르 쏟아놓았어. 내 일기 하나하나에 빨간 줄이 쳐졌고, 이건 무슨 뜻이냐 이건 누구냐 묻기 시작했어. 난 주변 사람들을 알파벳으로 써두었거든. 도망 다니며 조직을 재건하던 용인 형을 만나고 있는 것, 내가 소모임을 계속하는 것만은 죽어도 말해선 안 되었기에 협박과 폭언을 견디며 버텼지.

점차 마음이 엉망이 되려 했어. 자포자기하고 싶어지는 것을 추스르며 하나씩 대답을 해나갈 수밖에 없었어. 바로 옆에 붙은 세면장 문이 열려 있었는데 얼핏 그 안으로 고문 도구들이 보이는 거야. 시간이 지나 하루가 가고, 질문하고 또 질문하고 원하는 대답을 들을 때까지 그들은 집요했어. 질문의 범주로 보아 이들은 형사도 안기부도 아닌 듯했다.

내가 지난번 사건으로 배운 게 몇 가지 있더라고. 질문의 의도를 정확히 알아야 하며 이들이 모르고 있는, 그러나 중요하지 않은 사실은 적당히 공개하고, 이해할 만한 정보를 내주면서도 법의 한계 안에서 스스로를 지켜야 한다는 거야. 내가 무의식적으로 자칫 선을 넘어 말하기 시작하면 남에게 피해가 갈 뿐만 아니라 나도 그 덫에 걸린다는 것도. 그러니 한시도 정신을 놓아선 안 됐어.

드디어 마지막 날 알았지.

"자, 정소영. 이 편지가 뭐냐? 설명해봐."

그들이 내놓은 종이쪽들은 내가 너에게 그리고 군대 간 경제학과 친구에게 보낸 편지였어. 아뿔싸! 일일이 편지를 검열하고 있었던 거야. 이것이 빌미를 주었다는 것을 알게 되자 한편 마음이 푹 놓이며 안심이 되었어.

'적어도 조직으로 엮이진 않겠구나. 그렇다면 다행이다. 이 선에서 방어해야지.'

너까지 혹시 불이익을 받는 것은 아닐지 걱정이 되었지만, 너와의 관계는 연인이라고 둘러치자 다행히 며칠이 지나 나를 풀어주더구나. 그렇게 보안대를 나오는 날 최 계장이라는 사람이 말을 걸었어.

"소영아, 이제 나를 오빠라고 불러라. 알겠지?"

"……."

"여기 왔던 거 아무에게도 말하면 안 돼. 오빠가 부
르면 나와야 해. 맛있는 거 사줄게. 알겠지?"

"……."

방위로 간 친구들이 보안대에 끌려 와 두들겨 맞고
학내로 들어가 정보를 캐오라며 괴롭힘 당한다는 소식
은 들었지만 이럴 줄은 몰랐어. 곰곰이 생각해보니 그
들은 나를 녹화사업[6] 대상으로 보고 적당히 끄나풀로
쓰려는 시도를 시작하는 것 같아.

며칠간인지 기억도 나지 않는 시간을 보내고, 사색
이 된 채 기다리던 가족들에게로 돌아왔지. 대체 이번엔
무슨 일인가 묻는 아빠에게 대충 사정을 전하며 괜찮다
이야기하고 내 방에 들어가 보니 책이란 책은 모두 가져
갔고, 엉망인 된 방을 아빠가 정리해놓으셨더라고.

"속상해하지 마라. 책은 또 사면 되지. 무사히 나와
서 다행이다. 보안대가 얼마나 무서운 곳인데."

등 뒤로 들리는 아빠 목소리가 마음으로 들어오진
않았어. '이제 넌 보호받을 곳이 없다. 숨을 곳도 없어.

네 인생은 보이지 않는 힘의 손아귀에 있다'는 말이 들리는 것 같았거든. 자유는 더 이상 추상적이고 막연한 것이 아니더구나. 내가 선택한 것을 지키고 가꿀 자유의 가치가 절실하게 와닿았어. 내가 선택하는 것이 나의 자유이고 그 길에서 다시 자유가 자랄 수 있도록 계속 선택해나가야만 한다.

　앞으로는 이런 편지를 다시 쓸 수 없겠지? 앞으로는…… 그래, 이 편지도 곧 옥상에 올라가 태워버릴 거야. 앞으로는 일기도 쓰지 않기로 마음먹었다. 도청으로 지직대는 전화로는 상대방 이름도 중요한 약속도 말해선 안 되는 거야. 모든 장소에 암호를 정해야 하고, 버스를 탈 때는 맨 마지막에, 내릴 때도 모두 내린 후에, 길을 걸을 때는 미행을 조심하고 중요한 약속 장소는 계속 바꾸어야 하고, 어디든 들어갈 때는 몇 바퀴 돌고 뒤를 확인해야만 하고, 아는 만큼 책임을 져야 하니 알려 하지도 말고, 언제 다시 끌려가도 문제가 커지지 않게 주변 정리를 하며 살아야만 하는 거야. 이쯤 되니 아파트 경비 아저씨가 다르게 보이더군. 혹시 내가 외출하는 시간을 매일 형사들에게 보고하고 있는 것은 아닌가 하고 말이야. 그 아저씨는 늘 문 앞에 앉아, 오가는 사람들을 쳐다보시거든.

　잠이 오지 않아서 한 가지 결정을 했다. 좀 우습겠지만 들어줘. 경비 아저씨 눈을 피해 나가서 종일 나의 행적을 문제없게 만들어놓아야 한다니 난감한 일이잖아. 며칠 고민 끝에, 집에서 나갈 땐 1층 계단으로 내려가 비상구를 열고 쇠창살 사이로 뛰어내리기로 했어. 누군가 보면 얼마나 이상할까 싶지만 그래도 그렇게라도 길을 터놓으니 마음이 조금은 편해진다.

　그렇게 만나는 비밀 소모임은 우리문화연구회, 경제학회, 사회학회, 역사학회의 등의 대표와 몇몇 선배들로 구성되어 있어. 만나서 하는 일은 정치, 경제 상황을 분석하고 각자 속해 있는 조직을 확대하면서 필요한 상황에 대응하는 것인데, 우리 중 누구에게도 완성된 이론이나 실천 지침이 없기에 공부와 토론을 하곤 해. 각 조직원들에 대해서는 서로 비밀로 하지만 공개 시위나 행사에서 보게 되면 대체로 누가 누구 조직인지 눈치챌 수 있어. 워낙 몇 명 되지도 않으니까. 아직 이 모임도 한두 명의 선배들에게 좌지우지되는 형편이라 민주적 소통 구조가 정돈되어 있지는 못한 게 현실이야. 어떻게 나아가야 하는 건지 도통 나도 모르겠다.

민호야. 네 식탁의 빈자리를 한 번은 채워주고 싶었는데 정말 미안하다. 건강하게 군 복무 마치고 나오면 음악 좋은 카페에서 커피를 사줄게. 아, 너는 커피를 못 마시는구나. 난 우리 아빠처럼 커피가 좋더라.

　　카투사는 아무래도 치외법권 같은 지역이라 너는 괜찮을 거라고 스스로를 설득하고 있단다. 오늘은 흐린 가을 하늘 사이로 비가 오려나 봐. 소식 없으면 별일 없는 것으로 알게.

노란 은행나무 아래
만장을 펄럭이며

1982년 10월 25일

양모에게

아! 어찌 말도 없이 바람처럼 훅 떠나셨나요? 당신을 이렇게 빨리, 다시는 볼 수 없으리란 생각을 한 번도 하지 못했다니. 참 미련하고 어리석은 일입니다. 고맙다는 편지라도 저 하늘에 띄워 보냅니다.

　　제가 열 달 전쯤에 당신에게 처음이자 마지막으로 보낸 편지를 기억합니다.

엄마에게.

걱정을 많이 끼쳤습니다. 제가 출소해 엄마를 보기 민망했지만 당신은 말없이 많이도 변해 있었어요. '어떻게 나왔니?' '너를 영원히 못 보는 줄 알았다.' '애타게 너를 찾아다녔는데 이렇게 돌아와서 기쁘다' '그동안 너무 미안했어. 내 모습을 돌아보고 부끄러웠다……' 사실 엄마는 한마디도 하지 않았지만 눈빛은 이런 말들을 전하고 있는 것 같았습니다. 제가 잘못 본 것일 수도 있겠지만요.

뜻밖에도 저의 부재로 가장 고통받은 분이 엄마일 줄이야. 가슴에 무겁게 쌓여 있던 원망이 녹아내렸습니다. 더 이상 당신이 두렵지 않았습니다. 왜 내가 딸이라고 섭섭해했느냐고, 그게 뭐라고 그리도 화를 내셨느냐고 묻고 싶지 않았습니다. 왜 있는 그대로의 저를 인정하고 제 손을 잡아주지 않았느냐 묻고 싶지 않았습니다. 어쩌면 그 덕에 저는 홀로서기를 할 수 있었던 것인지도 모릅니다.

난 엄마가 오빠를 훌륭하게 키웠고, 저와 동

생의 뒷바라지를 해주셨으며, 쓰러진 에미까지 가족으로 허락하신 것을 기억합니다. 감사한 마음을 표현할 기회가 없었지만 정말 수고하셨어요. 우리 가족 중에 사실 엄마가 가장 외로웠을 것입니다. 당신의 고통은 이 시대의 무지한 관습 때문이었습니다. 저도 철이 들어가나 봅니다. 절대의 눈으로 사랑을 달라고 조르지 않는 것을 보면 말입니다. 한 인간을 환경을 뛰어넘은 절대의 자유를 기준으로 평가하지 않는 것을 보면 말입니다.

엄마. 부처님이 자신을 구원하고 인간의 생로병사에서 자유로운 자가 되었듯이 엄마도 이생의 업보를 모두 거두고 내생을 위해 정진하신다는 것을 알고 있습니다. 한 가지 어려운 부탁이 있어 어렵게 이 편지를 씁니다. 이제는 속세의 짐을 내려놓고 가실 길로 떠나시는 것이 우리에게 필요한 것은 아닌지요. 당신 자신의 구원을 위해 원하는 길로 가시고, 남은 사람은 그들끼리 살게 해주는 것이 어떠신지요. 에미가 방에서 진종일 누워 지내는 것은 당신이 어렵기 때문이며, 아빠도 이 난처한 상황에 힘들어하십니다. 당신이 외출을 하면 한 사람씩 방에서 나와 거실에 모이더군요.

연로하신 아빠의 남은 생 동안 가족을 완성할 기회를 주시면 어떨지요. 평생을 기다리고 있는 에미에게, '피와 땀으로 지킨 이 녀석들은 내 자식입니다'라고 세상에 말할 기회를 주시면 어떨지요. 전에 우리가 살던 집은 150평의 널찍한 대지와 정원과 일곱 개의 방이 있었기에 각자의 영역에 서로 숨을 곳이 많았습니다. 하지만 지금은 눈을 마주치기가 어려워 거실을 중앙에 두고 서로 낯설어하며 자신의 방으로 들어가버립니다. 앞으로 우리는 솔직해질수록 불행해질지도 모릅니다. 이것은 고통입니다. 동생도 에미도 아빠도 갇혀 숨죽이고 있습니다. 감히 부탁을 드려봅니다.

이 편지를 아무도 모르게 당신의 머리맡에 두었었습니다. 그 며칠 후에 엄마는 말없이 옷과 폐물을 싸서 조용히 인천 용화사로 떠나셨지요. 당신이 바람처럼 그렇게 사라질 것을 생각해본 적이 없었습니다. 평소의 당신이라면 당연히 저를 불러 엄숙하게 이런저런 나무라는 말씀을 했을 테니까요. 일주일 동안 아빠와 에미는 사색이 되어 백방으로 당신을 찾았습니다. 며칠이 지나서야 파출부 아주머니가 말씀해주셨어요.

"소영이 편지 보고 마음이 움직여서 인천으로 갔어. 아무에게도 말하지 말라 했는데 그렇게 찾으니 말을 안 할 수가 없구만. 내가 몰래 짐을 싸드리고 옮겨드렸어."

친한 주지스님이 있는 절로 떠나신 것은 다행이었습니다. 그리고 가을이 오기 전에 당신은 집으로 자주 놀러 오게 되었습니다.

"절에서 지내니 참 좋긴 한데 가족만 하지는 않구나, 에미야."

"돌아오세요, 언제든지."

"그래, 내가 이번에 가면 공부 좀 하고 겨울 오기 전에 돌아오마."

에미는 당신이 좋아하는 밑반찬을 정성스레 싸주었습니다.

"절에서 고기를 못 드실 텐데, 장조림하고 게장하

고 낙지젓갈 좀 쌌어요."

"그래. 갔다 올게."

떠나기 전날 아파트 앞에서 우리는 딱 마주쳤지요. 우연이라도 당신을 집 밖에서 단둘이 만난 것은 처음이었어요. 나도 모르게 당신의 손을 잡았습니다. 당신도 내 손을 잡더군요. 제가 태어나 처음으로 주저함 없이 잡은 당신의 손은 작고 가냘팠습니다.

"어디 가셔요."

"내일 나훈아 디너쇼 가기로 했거든. 옆 동에 학장 사모님하고 만나서 약속도 잡고 얼굴도 보려고."

"잘 다녀오셔요."

멋쟁이인 당신은 다음날 나훈아 디너쇼를 보고는, 절로 떠났지요. 그리고 단풍이 곱게 진 늦가을 새벽같이 울리는 전화벨 소리가 있었습니다. 간밤에 돌아가셨다는 스님의 전갈에 모두 멍하니 할 말을 잃고 말았습니다.

그날은 학기 말 시험 기간이었습니다. 저는 당신이 있는 인천으로 떠나야 하는 때에 경제학과 시험지를 앞에 두고 있어야만 했습니다. 마지막 문제에 답을 쓰려다 '죄송합니다. 교수님, 엄마가 돌아가셔서 미흡하지만 답안지를 내고 먼저 나가봐야겠습니다' 메모를 하고 황급히 시험지를 제출했습니다. 교수님은 말없이 고개를 끄덕이셨지요. 인생이 꿈같다 하더니, 이런 일이 닥치니 아스라이 현실이 아닌 허공을 걷는 것만 같았습니다. 한시라도 당신의 마지막 모습을 보고 손이라도 잡아드리고 싶었습니다.

그날, 용화사 마당의 500년 된 은행나무 잎들이 노랗게, 노랗게 물들어 있었습니다. 이미 염을 해놓은 당신의 육체는 아주 작고 작아져 있었고 당신은 그 안에 있지 않았습니다. 이미 떠나셨더군요. 수십 개의 만장이 형형색색으로 바람에 날리는데 엄마의 상여가 지나가고 있었습니다. 그 위로 수천 개의 노란 은행잎이 눈처럼 휘날렸습니다. 아름답더군요. 제 눈에는요.

많은 스님과 지인들이 극락왕생을 외치며 목탁 소리를 따라 줄을 잇고, 하늘 가득 만장이 당신을 따라 다비식장으로 향했습니다. 집으로 돌아오시겠다더니 정말 당신의 영원한 집으로 돌아가셨습니다.

조금이라도 더 우리에게 시간이 허락되었다면 이상한 가족이지만 따스한 때를 보낼 수도 있었을 것인데…… 당신은 이생에서 해야 할 일을 모두 해버리신 모양입니다. 그러고 보니 당신은 명예와 부를 누리셨지만 평생 저는 엄마의 웃는 모습을 단 한 번도 본 적이 없습니다. 다음 생에서는 남자의 몸을 받아 천하를 호탕하게 누비며, 실컷 웃으며 사시기를 기도해봅니다. 대를 이어야 한다는 집념으로 평생을 고군분투하시며 불행한 여인으로 사셨습니다. 그 마음 모두 버리고 자유롭게 훨훨 날아가세요.

돌아가시던 밤에 조금 괴로워하신 흔적이 있었다 하여 마음이 아팠습니다. 갑작스러운 심정지에 얼마나 놀라셨을지요. 마음 졸이며 평생을 살다 보니 심장이 약해지신 탓인가 합니다. 당신이 지상을 떠나시던 날 곁에 아무도 없어 외로움을 더하신 것은 아닌지요. 아들을 낳아야 의무를 다한 인생이라 믿는 시대의 가치관을 어리석게도 왜 거부하지 못했느냐고 엉엉 울고도 싶었습니다. 그러나 누구나 어느 시대에든 비슷한 모순을 담고 살겠지요. 다만 우리 세대는 앞으로 나아갈 겁니다. 역사는 굽이굽이 돌아가는 듯해도 한발 앞으로 가고 있습니다.

당신은 한 줌 재가 되었습니다. 지구 위에 쌓인 재가 거름이 되어 나무가 숲을 이룹니다. 조금 급한 듯했지만 해야 할 일이기에, 에미는 어색해하며 아빠와 혼인신고를 했어요. 오빠는 어린 시절 이후 당신을 엄마로 받아들였나 봅니다. 두 사람이 혼인신고하는 것에 반기를 들었지만 아빠와 동생과 저의 뜻이 강력해 결국은 호적상으로도 엄마가 되었습니다. 에미는 건강이 조금 나아진 듯싶고 우리는 처음으로 평범한 가정을 이루었습니다. 아직은 엄마 소리가 나오지 않아 여전히 '에미야, 에미야' 부르고 있습니다.

엄마! 너무 섭섭해하지는 말아요. 영원히 당신은 나의 엄마입니다. 아니 우리의 엄마입니다. 그리고 마지막으로 이런 생각을 하였음도 고백합니다. 제가 쓴 편지 때문에 집을 떠나신 것이 제 마음이 걸리기 때문입니다. 혹시 저로 인해 원치 않는 객지에서 돌아가신 것은 아닌가 하는 죄책감이 들기 때문입니다. 하지만, 저의 의견에 공감하고 스스로 결정하신 것이라 믿고 죄책감을 갖지 않기로 해도 될지요? 당신도 에미가 이제 그만, 당신의 눈치를 보지 않고 자식과 남편과 가정을 이뤄 살기를 바라신 것으로 믿어도 될지요? 당신도 당당히 자신만의 인생을 살기로 결단하신 것으로 믿고 싶습니다.

스스로에게 주는 면죄부에 불과한 마음 놀이라 생각하지 않을 작정입니다. 우연처럼 어떤 일이 일어나기 위해, 보이지 않는 수많은 손길이 어우러져 이룬 조화이리라 믿기 때문입니다.

편지가 뚝뚝 끊기고 딱딱하네요. 아직은 세월에 더 녹여져야 당신을 진심으로 안을 수 있을 모양입니다.

엄마. 그러나 진심으로 당신을 엄마라고 부를 수 있어 행복합니다. 고생 많이 하셨습니다. 감사합니다.

평생의 골칫덩이 딸 올림.

성추행당하고
근신이라니

현진 형에게

방학이면 『도덕경』 들고 산으로 들어가신다니 참 신선이 따로 없군요.

지난번 제 편지를 보고 보내신 답장에는 조직 활동과 스트레스에 대한 염려가 한가득이었습니다. 형은 도저히 저를 이해하기 힘들다 하셨지만, 저도 제 삶을 이해하려 노력하고 있을 뿐입니다. 이해는 늘 뒤늦게 따라오더군요. 저는 살아보며 삶을 배우는 중이지요.

아직 4학년 재학 중이라 올해는 대학에 적을 두고 가끔 학교에 가고 있어요. 몇몇 교수는 출석부를 열고 제 이름만 딱 부르고 쓱 쳐다보고는 출석 체크를 끝냅니다. 그럼 저는 교수가 뒤돌아 칠판에 글씨를 쓸 때 조용히 나오곤 합니다. 그들의 강의 노트는 10년 전이나 다를 것이 없고, 역사학 교수 대부분은 과거 유물처럼 죽어 있습니다. 형의 강의 노트는 자주 성장하고 있나요? 농담입니다.

마침 4월에 '청람낚시회 사건'의 주요 인물인 용인 형이 자수를 했습니다. 도망 다니며 조직을 재건하고 확대하는 것은 만약의 상황이 터지면 훨씬 위험하기에 차라리 자수 쪽으로 방향을 잡은 셈입니다. 7월 초에 재판이 열렸습니다. 연숙이는 교수가 된 남편이 혹시라도 불이익을 당할 수 있어 정부의 눈치를 안 볼 수 없기에 저 혼자라도 증인으로 출석하기로 했어요.

저는 부전공으로 교직을 이수하고 마지막으로 교생실습을 하는 중이라 부산의 중학교에 한 달 동안 역사 선생 실습생으로 가 있었습니다. 나름 유쾌하고 재미있는 경험이었습니다. 오랜만에 치마도 입고, 담임 선생 대신 수업도 하고 아이들과 즐거운 시간을 보냈지요. 학생 중에 아빠가 판사고 공부도 잘하는 녀석이 유독 눈을 반짝이며 저를 따랐지만, 저는 가방도 없이 뒤돌아 앉아 수업에 관심도 없는 문제아들에게 더 관심이 가더군요.

교생 실습의 마지막 코스로 연구수업을 통과해야 하는데 하필이면 그 바로 전날이 대전법정에 증인 출석을 하는 날이었습니다.

"증인 정소영! 북한의 경제 체제가 남한의 경제 체제보다 우월하다고 송용인이 ○○일 ○○에게 말한 것을 들었는가?"

"아닙니다. 그런 말을 하지 않았습니다."

"그럼 여기에 증인이 쓴 것들은 사실이 아니란 말인가? 위증죄가 있으니 조심하게."

"네. 사실이 아닙니다."

"사실이 아니라면 왜 증인은 허위 자백을 했는가?"

"고문과 협박으로 쓰인 거짓입니다."

법정은 술렁였고 판사는 휴정을 선언했습니다. 2주 후에 선고공판을 진행한다고 했지만 아마도 다음 재판은 이렇게 될 것입니다.

'유죄가 인정되나 초범이며 자수를 했다는 정상을 참작하여 징역 1년을 확정한다.'

정치범들은 이미 자수하기 전에 형량을 대체로 합의하고 들어가는 것이 관례이고, 정치 상황이 유화국면으로 바뀌면 종종 특별사면으로 형량을 채우지 않고 사면 복권되기도 합니다. 포승에 묶여 끌려가는 용인 형의 뒷모습을 눈에 담고 정신없이 부산으로 향했습니다.

대구까지는 어찌어찌 표를 구했지만 부산행은 새벽 다섯 시에나 있더군요. 열차 안에서 한 스님이 아는 체를 하더니 자기 친구가 수녀인데 수녀원에서 자게 해주겠다 하더군요. 이 이야기를 옆 좌석에서 조용히 듣고 있던 노신사가 재워주겠다고 나섰습니다.

"아닙니다. 괜찮습니다."

"아니, 걱정 말게. 새벽에 내가 깨워줄 테니."

두 분이 다투는 것도 불편하고 늦은 밤에 혼자 여관에 가기도 그래서 결국 그분 댁에서 잠시 잠을 청하게 되었죠. 그분은 계명대 교수라고 했습니다. 말씀대로 새벽 네 시에 맞춰 저를 깨워주셨어요. 세상에는 좋은 사람도 많습니다.

형도 알다시피, 연구수업에는 많은 교사와 교장이

참관을 하고 점수를 매기게 되어 있지요. 바삐 출근해 연구수업을 다 마치고 시계를 보니 5분이나 남았더군요. 씩 웃고 예정에 없는 질문으로 얼렁뚱땅 시간을 끌며 간신히 넘겼습니다.

형은 매주 같은 수업을 열 번은 반복해서 떠들어야 할 텐데 지루하지 않으세요? 에버레트 라이머의 『학교는 죽었다』라는 책을 보신 적이 있나요? 학교가 계층 상승을 위한 도구로 존재하는 한 진정한 교육은 죽었다는 이야기가 핵심 내용인 것으로 기억합니다. 교육은 인간 자체의 가치를 발견하는 도구가 되어야 하지 않을까요? 지금의 교실은 노동자의 아들과 자본가의 아들로 등급이 매겨지고, 가난한 학생과 부자인 학생은 서로의 필통과 도시락이 다른 것으로 이미 서로를 규정하고 있었어요. 삶을 행복하게 느껴야 할 아이들이 소중한 시간을 빼앗기고 있는 면도 보였습니다. 지금의 제도 교육은 근원적으로 바뀌어야 한다 생각하기에 아마도 전 교사는 못 할 것 같습니다. 물론 형은 아이들을 지식으로 억압하는 분은 아니리라 믿고 있습니다.

올해는 참으로 힘든 해입니다. 어차피 대학을 졸업해야 하고 학내에서는 후배들 돌보는 것 빼고는 제가 할 일이 많지 않습니다. 총학생회를 중심으로 연일 시위가 있지만, 제 학번은 사회운동의 진로를 결정해야 할 때이지요. 운동권의 씨앗들이 자라서 이제는 노동운동, 농민운동, 빈민운동, 공개 민주화운동 등이 조금씩 새싹을 보이고 있습니다. 청람회 사건의 고통은 점차 사라져가고 있습니다. 사실 누구도 '이것이 길이다. 나를 따르라' 할 만한 방향을 제시하는 사람은 없었지만 각자의 영역에서 민주화를 위해 더 많은 씨를 뿌리려 노력하고 있습니다.

뜻있는 선배들이 돈을 모아 전국적으로 운동권을 지지하는 서점을 만들기 시작했습니다. 대전에도 사회과학 전문 서점이 생겼지요. 3학점 하나 때문에 졸업을 못 하고 있었던 터라 여유 시간마다 서점에서 책을 찾아주거나 포장해주는 일을 하며 운영을 돕기로 했습니다. 점차 이 서점은 만나고 싶은 후배와 선배의 소식을 듣거나, 정치 상황과 대학의 정보를 공유하는 공개 아지트가 되어갔습니다. 대학 1학년 때와 비교하면 우리의 힘이 비할 수 없이 성장했다 느낍니다.

보안대 계장은 한 달에 한 번은 만나자 하거나, 아빠에게 쓸데없는 전화를 하곤 했습니다. "소영이 졸업하면 내가 선생님으로 취직시켜드릴게. 취직 자리 면접 좀 보라고 해요" 하며 졸라대고 있는데 아빠는 한마디도 하지 않으셨습니다. 자고 있는 새벽에 제 방에 들어와 볼에 뽀뽀를 해주시거나, 어질러진 방을 손수 청소해주시곤 했지요. 생각 끝에 면접을 보겠다고 말씀드렸습니다. 계장이 면접을 주선한 여고의 교장은 여당의 국회의원이었고 빌딩을 몇 채 가진 재력가였습니다.

"안녕하세요. 저는 충대 사학과 졸업을 앞둔 정소영입니다"

인사하자 교장은 뚱뚱한 몸을 돌리며 책을 하나 꺼내더니 "자, 이거 읽고 해석해봐" 하더군요. 중국 고문은 낯선 것이었지만 대충 아는 내용이기도 했습니다. 그러나 모르는 척 전혀 다른 방식으로 해석하며 버벅거렸지요. 면접은 그것으로 바로 끝이 났습니다. 선생님을 뽑는데 고문을 번역하라는 교장도, 엉뚱한 대답을 한 나도, 뽑을 생각도 뽑힐 생각도 없는 우리는 보안대 계장의 압력에 눈치게임을 한 셈이지요. 그 후로 계장이 아빠에게 전화하는 일이 퍽 줄어들었어요.

며칠 뒤 이상하게도 집을 나서려는데 아빠가 저를 불렀습니다. 사실 우린 평소 얼굴 보고 눈인사하는 것이 전부였기에 퍽 이례적인 일이었어요. 소파에 앉아 기다리는데 한참 후에야 아빠가 어렵게 말을 꺼내셨어요.

"그…… 네 동생 신검 통지서가 나왔어. 군대에 가야 한다는데 삼청교육대 같은 것도 있었고 해서 불안해. 내가 나이도 있고. 동생이 군대 간 사이에 내가 죽거나 무슨 일이 있으면 안 될 것 같아서……"

말끝을 흐리시더군요. 제가 무슨 말씀인지 알아듣지 못하는 것을 아시고 아빠가 다시 말씀하셨어요.

"음, 군대를 뺄 수 있는 방법이 없을까?"

"네?"

저는 상상조차 못 한 일이기에 당황했어요. 자식이 생기면 죽음을 가까이서 자주 인식하게 된다더니, 나이도 많은 아빠는 이 집안의 '적장자'인 동생이 다치거나 자신보다 먼저 죽을까 봐 무척 고심하셨던 것 같았어요. 아빠는 함부로 말하는 분도 아니고 지금껏 단 한 번도 저에게 무엇을 부탁한 적이 없었습니다.

그러나 어린 내가 어떻게 동생의 군대를 면제시킬 수 있겠어요. 제가 안기부, 보안대, 정보과 형사, 교수들의 관리를 받고 있는 것을 제법 정치적 힘을 가진 것처럼 오해를 하시는 느낌이었지만, 아빠의 마음이 진실하게 전해져 와 아무 말도 할 수 없었어요.

얼마 뒤 서점에서 만날 때면 자주 인맥을 자랑하곤 하던 총학생회장 출신 형에게 물었습니다.

"그래? 내가 부탁하면 될 만한 의사 친구들이 있지. 디스크 수술을 받은 것으로 엑스레이를 만들고 진단서를 끊으면 될 거야. 사례는 좀 해야 할 거고."

정치적 야망도 있고 나이도 있는 분인지라 상황을 처리하는 방법을 잘 알고 있었습니다. 그렇게 이야기를 하고 아빠에게 돈을 준비하면 될 것 같다고 말씀을 드리니, 안도의 한숨을 쉬시며 "그래, 어떻게 해서라도 네 동생 군대는 보내고 싶지 않구나" 하시더군요. 아빠는 구세대 할아버지인 데다 징용에 끌려가 행방불명된 잃어버린 남동생을 생각하고 계신지도 모를 일이었지요. 6·25 같은 전쟁의 참상을 겪은 분이니 전쟁을 염두하셨을지도 모릅니다.

학생회장이었던 형은 살짝 머리가 벗겨지고 아주 작은 키에, 양복을 즐겨 입는 사람이었어요. 다부진 입매와 쌍꺼풀 진 작은 눈, 그리고 살짝 웃을 때 보이는 금이빨 등이 제 눈에는 완전한 아저씨였습니다. 학번 차이가 엄청나서 말을 편하게 하기도 어려운 상대였고요.

그런데 그 후로 형은 우리 집에 뻔질나게 찾아와 아빠와 인사도 나누고, 저와도 친한 사이가 되려 하였습니다.

똑똑똑, 창문을 두드리는 소리가 납니다. 누군가 복도로 나 있는 창을 노크합니다. 조용히 문을 열어주면 선배나 후배들이 들어오곤 했지요. 형은 이 일을 핑계 삼아 늦은 시간에도 노크를 하곤 했습니다. 다들 주무시는 야심한 시각이라 얼른 내 방으로 들어오게 할 수밖에는 없었습니다.

그리고 동생의 일은 진전이 없었습니다. 차일피일 미루어지던 그날도 오늘처럼 비가 몹시 내렸습니다. 서점 문을 닫고 나가려는데 마침 그 형이 나타났습니다. "비 오는데 집에 어찌 가냐"며 택시를 잡더군요. 친해지기에는 어려운 대선배였기에 호의는 고맙지만 망설여졌습니다. 우산을 찾으며 "아니에요, 형. 저 버스 타고 갈 거니 먼저 가세요" 하고 몇 번 거부해도 이미 막무가내라 등 떠밀려 택시를 타고 보니, 유성의 한 여관 앞에 택시가 섰습니다. 집이 아니라는 걸 깨닫는 순간 젖은 옷을 말려야 한다며, 들어가라고 저의 등을 떠밀었습니다. 가끔 회의를 할 곳이 없으면 여관에서 여럿이 합숙을 하곤 했지만 형하고 단 둘이 들어갈 일은 아니었습니다.

"늦어서 난 집에 가야 해요. 전 안 들어가요."

"상황 이야기도 해야지. 의사 친구가 너의 동생 허리 사진을 찍어주기로 했어. 들어가서 이야기 좀 하자. 날짜도 정해야지."

그는 신이 나 있었습니다. 그리고 그것은 제게도 기다리던 소식이었습니다. 먼저 보내드린 돈으로 될지, 형에게 사례는 어찌해야 할지 이야기하며 감사한 마음에 잠시 방에 앉았습니다. 젖은 청바지의 물기를 수건으로 찍어내는데, 그 형의 태도가 갑자기 바뀌며 옷을 벗기려 하더군요. 손길이 제 몸을 급하게 잡아당겼고 그는 이미 흥분 속에서 정신을 못 차리고 옷을 벗고 덤비고 있었습니다. 다행히 젖은 청바지가 다 벗겨지기 전에 뛰어나올 수 있었으나 집으로 오면서 실로 난감했습니다.

다음 날 오후 서점에 출근하여 일하고 늦은 저녁을 먹을까 하는데 후배가 "언니, 이상한 소문 못 들었어?" 하며 걱정스러운 표정으로 밖으로 나가자 하더군요.

"점심 때…… 언니 있나 들렀었는데, 어떤 형이 사회학과 애들한테 언니 알몸을 보았다고 소문을 내고,

같이 잤다고 떠들더라고요. 깜짝 놀랐어요. 어떻게 된 거야. 어떻게 이 사람 저 사람에게 그런 말을 해?"

나를 잘 따르고 믿는 후배는 그 이야기를 듣고 나랑 얘기를 나누러 다시 왔다고 했어요. 듣자마자 머릿속이 하얘졌습니다. 동생이 아직 신체검사를 받은 것도 아닌데 이를 어찌해야 하는지요. 이런 순간에는 제가 저의 엄마 성격을 참 많이 닮아 있다 생각되곤 해요. 저는 소문이 퍼지는 것을 꾹 참기로 했습니다. 놔두면 소문은 한풀 꺾이겠거니 바라며 침묵하는 것으로 일관했지요.

여성을 성적으로 제압하는 것이 사귀는 관계가 되는 지름길이라 믿는 남자가 참 많습니다. 소통이나 이해 그리고 교류를 통한 일체감 같은 것은 특히나 여성들에게 허락되지 않는 시대입니다. 그렇게 힘든 여름이 매미가 징징대듯 늘어지며 지나가고, 이 사건은 제가 그 형과 가볍게 놀아난 것으로 소문이 퍼져 용인 형 귀에 들어간 모양이었습니다. 자수한 덕인지 정치적으로 사면받고 일찍 출소해 다시 활동을 하고 있던 용인 형이 어느 날 만나자 했어요. 용인 형과 개인적인 이야기를 해본 일도 없고, 그 일은 저의 사적인 일이기에 자초지종을 간단히 설명하면 되리라 가볍게 생각하였습니다. 그 형은 단 한 번도 '유인물 건은 잘해주었다'든지, '네가 고문을 당하는 동안 내가 멀리 있어 미안했다'든지, '고생했다' 혹은 '고맙다'는 말을 한 일이 없는 분이라 이 사건을 궁금해하시는 게 오히려 낯설게 느껴졌습니다. 그렇지만 용인 형은 저의 직속 선배로서 존경하고 신뢰할 만한 분이었어요. 자초지종을 설명드리고 며칠 후, 용인 형이 찾아와 짧게 통보를 하더군요.

"너는 일 년간 활동 중지하고, 그 선배도 모든 운동에서 손을 떼기로 했다."

"네?"

그 선배는 이미 조직과는 관계가 없는 얼굴마담 같은 존재였기에 그 형 입장에서는 실제로 손해 날 것이 하나도 없는 결정으로 보였습니다. 장차 국회의원에 출마하기 위해 사람들을 만나는, 지극히 개인적인 목적을 가졌을 뿐이니까요. 뜻밖의 결과에 용인 형을 만나 다시 이야기하고 싶었습니다. 근신을 당하기 전에 적어도 충분한 소명을 하고 제가 무엇을 잘못했는지 명확히 하고 싶었어요. 하지만 그런 기회는 주어지지 않았습니다.

'나는 피해자이지 가해자가 아니오. 진상을 알리고 바로잡아주시오. 만약에 내가 어린 남자 후배를 성추행했다면 이렇게 둘 다 운동권의 순결성을 더럽혔다는 식의 징계를 했을까요? 남자 후배가 도덕적으로 해이해서 추행을 당했다고 당당히 비난하고 징계할 수 있습니까? 당신들도 누군가와 비밀리에 만나고 헤어지는 일이 비일비재합니다. 개인의 문제가 조직의 문제로 바뀌는 기준이 소문이 나느냐 마느냐 하는 것입니까? 그렇다면 제가 먼저 그 선배가 나를 강간하려 했다 소문을 냈다면 어찌했을 것입니까? 내가 조직의 중심 구성원이라 엄격한 도덕적 잣대를 요구받는 것이라면 우린 이런 종류의 문제에 대한 내부의 규율을 함께 만들어가야 할 것입니다. 차라리 나를 소환하고 그 형도 불러내 이 같은 문제에 공동의 원칙을 잡아나가야 하는 것 아닙니까? 혹시라도 누군가가 이 일을 기회 삼아 중심을 강화하기 위한 빌미로 나를 희생시킨 것은 아닙니까? 소문을 잠재우기 위한 임시방편으로 결정한 것은 아닙니까?'

　이 모든 말을 할 기회는 주어지지 않았고, 그 결정은 되돌릴 수 없었어요. 그날 이후 징계를 당했다는 사실만으로 후배나 선배들과 마주치면 저는 얼굴을 똑바로 들 수 없었습니다. 뻔히 겹치는 동선들, 우연히 만날 수밖에 없는 후배들과 동기들……. 애써 '괜찮다' 하며 나름 설명을 해보려고도 했으나 떳떳하지 못한 동생 일을 다 말할 수 있는 친구는 많지 않았습니다.

저는 운동권에서 '품행이 단정치 못한 자유주의자'라고, '은근히 부르주아적'이라고 평가되는 듯싶었습니다. 이런 사정을 동생과 아빠에게는 비밀로 해야 했지요. 아마 평생 말할 수 없을 것입니다. 불법적인 방법으로 군대를 빼려 한 것은 온당치 못한 일이니 그 대가를 제가 감당해야 하겠지만 많이 아프군요.

이런 징계가 저에게 어떤 의미인지는 아무도 이해할 수 없을 것입니다. 도경 대공분실 지하 감옥에서 고문을 당하며 견딘 세월보다 지금이 더 무겁고 고통스럽습니다. 뜻을 함께 세우고 고통을 나누며 서로를 굳건히 지켜주려 노력한다 믿었는데, 행실이 가벼운 여자로 오명을 쓰고 외톨이가 된 기분입니다.

바다로 여행을 갈까 해요. 형은 자유를 위해 마음을 다스리고 고전의 향기에 길을 물으며 행복하신가요? 서점에 가면 저도 모르게 오쇼 라즈니쉬나 에리히 프롬의 책도 사곤 하지만 읽히질 않습니다. 쌓여 있는 경제학 책과 운동의 방향에 대한 문건들도 소화가 안 될 지경이에요. 그러고 보니 몇 년간 제 마음은 평화로운 적이 없고 마음껏 웃어본 적도 없군요. 전두환 정권이 아닌 민주 정부가 들어서면 과연 웃으며 행복하다 말할 수 있을까요? 그럴 것 같지는 않습니다.

형은 말했어요.

"네가 행복해야지. 가시밭길을 걸으며 찢어진 상처를 달리 누가 치유해주겠니?"

이 세상은 영원한 것이 아니니, 생각을 바꾸고 정진해 내면의 행복을 만나라고 하셨지요. 저도 제 관념이 만들어낸 지금의 이 길이 영원하리라 생각지는 않아요. 다만 가시밭길이란 생각을 바꾸고 나아가 그곳에 도대체 무엇이 있나 만나보고 싶어요. 이 길이 자기 파괴의 길이라면 무엇이 부서지나 보고 싶어요. 그렇게 대답하자 형은 제가 고집이 세다고 하셨어요. 그렇다면 제게는 형의 선택이 고집으로 보일 수도 있는 일이지요.

형의 염려에도 저는 이 길을 계속 가야 할 것 같습니다. 피 흘리며 죽어간 광주와 시녀를 끼얹고 불길 속에서 죽어간 영혼들과 배고파서 물로 배를 채우고 있는 또 다른 당신들을 지금 내려놓을 수는 없습니다.

어둠이 짙어지는군요. 신음하는 제 영혼의 무게가 느껴지는 밤입니다.

이 땅의
여성이란

민호에게

제대와 복학 축하해. 엊그제 수업받으러 갔다가 학원자율화추진위원회 집회에서 우연히 너를 보았지. 누구보다 열심히 학회 운영을 하면서도 시위대 앞에서 구호를 외치고 있더구나. 반짝이던 너의 눈은 조금은 지쳐 보였어. 조직의 징계 소식을 너도 들었겠구나 싶어 아는 척을 해야 할지 잠시 망설이다 그냥 지나치고 말았다.

　조직에서 너에 대한 평가가 높아지는 것을 듣고 있

어. 평가를 떠나 우린 스스로 훌륭해야 할 책임이 있는데, 요즘 나는 기분에 휩쓸리지 않으려 해도 아침에 눈을 뜨면 암담한 하루를 맞이해. 훌륭하다는 단어가 좀 거슬리긴 하지만 마땅한 표현이 없어 그대로 둘게.

나는 좀 위축되어 잠시 바다에 다녀왔어. 너라면 왜 그 형과 여관에 갔고 무슨 일이 있었는지 내게 묻고 싶었을 거야. 이 편지는 어차피 너에게 보내지 못할 테니 한 번 만나려고 용기를 내어 너의 집에 전화를 걸었었지. 여유 있게 한적한 카페에서 차를 마시며 그냥 사는 이야기라도 하려고. 형님이 전화를 받더니 예상대로 너는 없다 하시더군. 형님들이 대학 교수라는 말을 들었던 것 같아.

밤늦게라도 찾아갈까 생각했지. 늦게라면 들어온다고 하시기에. 이번 시위에 리더로 뛰면 언제 다시 만날 수 있을지 싶었거든. 그러나 좀 더 생각해보니 시기적으로 우리가 만나는 것은 위험한 짓이구나 싶다. 집을 찾아가려던 생각은 접는 게 좋겠어. 이 편지도 사실 뒤죽박죽인 생각들을 정리하려 쓰고 있다.

네가 군대에 있는 동안 이런 일이 있었어. 여름이었어. 서점 앞을 지나다 들어갈까 말까 망설이는데, 스터디 소모임을 같이 했던 고교 동창생이 문 앞에서 얼쩡거리며 서점 안을 유심히 보고 있더구나. 그가 물었어.

"소영아, 병진이 형 통 안 보이는데 무슨 일 있어?"

"서점 주인 바뀌었잖아, 몰랐어?"

그리 대답해주었더니 그 친구가 갑자기 심각해진 얼굴이 되어 병진이 형이 어디로 갔는지 아느냐고 묻더구나.

"결혼하신다던데? 지난주에 들었어. 타 지역 아가씨랑. 서점 계통 일을 하는 사람인가 봐."

그러자 그 애가 갑자기 눈물을 흘리기 시작했어. 나는 당황해서 어디 가서 앉아서 이야기하자고 그 애를 붙들었어. 친구는 뚝뚝 떨어지는 눈물을 훔치며 말했어.

"내 남자친구였다고……"

"이런 제장. 어쩌니."

울면서 하는 이야기를 가만 들었어. 그 애는 작년부터 병진이 형을 짝사랑해서 서점에 자주 들렀는데, 남몰래 좋아하다 하루는 너무 보고 싶어서 서점 문 닫기 전 퇴근 시간에 와서 얼른 인사만 하고 버스를 타러 돌아섰대. 그랬더니 형이 '여관에 가서 이야기 좀 나누자' 하고 불렀다는 거야. 모일 만한 곳이 없어 우리가 자주 가던 그 여관 말이야. 밤새 토론도 하고 회의도 종종 했으니 평소 좋아하는 대선배가 무슨 말을 하겠거니 싶어 따라갔다고 해. 한데 갑자기 그 애를 눕히고 '잠시 쉬자' 하며 손을 잡아끌었다더군.

"솔직히 단둘이 있게 되니 어색해 죽을 지경이고 어렵더라고. 이러면 안 되는데 싶었지만 이 형도 혹시 나를 좋아했었던 것은 아닐까 생각하니 설레었어. 고백도 못 하고 끙끙거렸는데 드디어 연인이 될 기회가 생겼구나 하는 생각에 형의 손길을 허락하고 말았지. 그런 경험은 처음이야. 그때 이후 몰래몰래 만나왔거든. 근데…… 근데 이게 뭐야!"

고개를 떨구고 흐느끼기 시작하는데 차마 할 말이 떠오르지 않더라. 잠시 고민하다 마음을 정하고 폭로하는 길을 택했어. 사실 나는 그 형이 내가 아는 다른 후배와도 사귀고 있다는 것을 알고 있었거든.

"어차피 너도 알게 될 일이라 한 번에 마음 정리하라고 이야기할게. 내가 듣기로 너 같은 사람이 또 있어. 선배 결혼 소식 듣고는 자기랑 사귀는 줄 알았다며 황당해서 울더라."

"……."

그 형은 이미 떠난 뒤였으니 다 이야기하고 잊는
게 좋을 거라 생각했어. 비참한 얼굴이 된 친구의 컵을
쥔 손이 가늘게 떨렸지만, 정작 위로해줄 말이 없었지.
그런데 그는 다시 울기 시작했어.

"사실 나……. 임신이 되어 몰래 혼자 병원에 가서
낙태까지 했는데"

그리고는 정작 형에게 한마디도 못 한 자신을 탓하
며 계속 울었어. 나도 그의 손을 꼭 잡으며 함께 울었지.

민호야.

여자 운동권 친구들이 화장도 안 하고 멋을 내거나
치마를 입지 않는 이유가 무언지 아니? 불문율처럼 남
자들처럼 옷 입고, 남자들처럼 말하려 하고, 감성적인
표현과 개인적인 고민은 드러내지 않으려 하지. 감상적
낭만주의자 혹은 자유주의자로 낙인찍히지 않으려고
말야.

네가 군대에 가기 전에 그 카페에서 차를 마시며
이런 대화를 나누었던 것 기억하니? 내가 네 어머니 이
야기를 했지.

"너의 엄마가 너와 형들을 홀로 키우셨다며, 참 대

단하시다, 곶감 농사를 지으시면서……."

　한 해는 가뭄이 들고 병 때문에 감 수확이 안 돼 밥도 제대로 먹을 수 없었다 했던 네 이야기를 기억하고 있었거든. 그때 너는 내가 그런 이야기를 왜 굳이 꺼내는지 좀 의아해했지.

　"YWCA에서 선생 할 때 만난 할머니와 엄마들은 남편의 폭력을 당하면서도 참고 사는 분이 많더라고."

　"그런데?"

　"여성들은 노동력을 재생산하고 이 사회를 지탱하는 역할을 하고 있잖아. 임신 출산과 자녀 양육을 위한 수고로운 노동을 하면서 말이야. 그런데 여성의 이런 노동은 왜 사회적 비용으로 지불되지 않는 것일까?"

　"그건 쉽게 말해 돈을 만들어내는 데 간접적인, 그러니까…… 감춰진 노동이기 때문이지."

　네 말은 맞았어. 하지만 아무런 대가도 받을 수 없는 가사노동이라면 아이를 낳고 기르는 일은 가치를 만드는 일이 아니라고 은연중에 생각하게 되지 않겠어? 우리의 엄마들이 가정폭력과 학대 속에서도 독립을 할 수 없는 가장 큰 이유는 자식을 데리고 돈도 벌어야 하는 현실 때문이야. 그래서 대부분 참고 살고, 그 틈에서 자란 아이들은 마음은 병들고 제 아빠같이 되어가기도 하지. 민주화가 된다고 해도 여성의 권익이 저절로 자라나는 것은 아닌 것 같아.

내가 가사노동과 양육에 임금이 지불되어야 한다는 생각을 밝혔을 때 너는 현실성이 없다고 말했어. 한국의 현실이 저임금 장시간 노동인데 너무 이상적인 생각이라고 말야. 하지만 그날 우리는 결국 기본소득과 양육비 같은 정책을 통해 남성도 부양의 부담에서 자유로워질 수 있고, 여성들도 가정폭력을 견디는 대신 독립해 살아갈 수 있다는 이야기를 나눌 수 있었지. 너는 말했어.

"가사노동과 아이를 낳고 기르며 보내는 시간에 대한 노동 가치가 어떤 방식으로라도 인정된다면 남성 주심의 권위 구조에서 좀 더 평등해지고 모성을 존중하겠구나."

해가 뉘엿뉘엿 지고 있었어. 머리가 아프기 시작해서 화제를 바꿔야 할 것 같았지.

"우리 엄마도 지금 많이 아프셔. 졸업하면 무얼 해야 할지 고민 중이야."

"나는…… 노동 현장에 가야 한다는 강박 같은 게

있어. 다수 대중의 근원적 힘이 깨어나야 국가 권력이 제대로 균형을 잡으리란 생각이거든. 노동 현장에 들어갈 마음은 없는 거야?"

"솔직히, 해야만 해서 하는 것보다 내가 잘할 수 있는 일을 해야 오래 할 수 있을 것 같아."

너는 빙긋이 웃으며 반짝이는 눈으로 나를 한참 바라보았지. 너와 헤어지고 돌아오는 길에 스스로에게 말했다.

'야! 정소영. 스터디 모임도 아니고 왜 이런 이야기만 떠드는 거야? 지난번처럼 집에 들어가지 말라 하기라도 할까 봐 겁먹은 거니?'

하지만 한편으론 너와 떠들다 보니 내 생각이 보다 확실히 정리가 되더구나. 언젠가 여성의 권익을 위한 여성단체를 만들어야겠다는 결심이 점점 굳어지더라고. 여성과 남성의 상생을 위해 구조적인 노력을 하는 여성단체를.

다만 내가 너를 지치게 하고 있는 것은 아닐까? 너와 만나면 감정적 교류가 부담스러워 자꾸 이런 주제의 이야기만 하는 것 같아. 너의 마음을 알면서 산만한 이론이나 떠들다 돌아오게 되니 난 아직 준비가 안 된 모양이야. 이 방어적인 이 태도라니! 귀여운 여자 후배가 너를 짝사랑한다는 소문을 들었어. 음……. 네 마음이 허락하는 대로 떠나도 난 이해할 거야.

너는 징계에 대해 아무것도 묻지 않았지만 나를 위로해주고 믿어주리라 믿는다.

민호야, 시위 중에 연행되지 않게 제발 조심하렴.

맨땅에
씨를 뿌리며

현진 형에게

오늘은 서울에서 돌아오는 버스 안에서 몇 자 적어봅니다. 천안을 지나니 그곳에서 학생들을 가르치고 있을 형이 떠오르더군요. 역사의 한 고비를 건너야 하는 우리 시대 젊은이들을 안타까워하시는 형의 답장을 기억합니다. 함께하지 못하는 스스로의 처지에 처음으로 자괴감을 내비치던 글귀에 대고 저는 대답하고 싶었지요.

'아닙니다. 그곳에서 자라는 아이들에게 당당하고

바른 교육을 하시는 것으로 충분합니다.'

교육 민주화를 위해 뛰다 해고를 당한 제 주변의 친구들도 떠오릅니다만 형은 조용한 성품대로 그렇게 지켜가시길 저는 바랍니다. 언젠가 그 씨앗들이 자라 10년, 20년 후에는 민주의 꽃이 피지 않을까요?

저는 작년의 사건으로 징계를 당하고 몇 달이 지나 용인 형의 통보를 받았지요.

"다시 활동해."

그 말을 하는 형의 얼굴엔 살짝 미소가 지나갔습니다. 반듯한 얼굴 가득 주름이 지는 웃음이었어요. 진지하고 믿음직스러운 느낌으로 어떤 어려움에서도 잘 흔들리지 않는 강한 분이었습니다. 그제서야, 어쩌면, 소문들이 잠잠해지길 기다리기 위해 내게 징계를 한 것은 아닌가 싶은 생각도 들었습니다.

여하튼 징계에서 풀려나면서 두 가지 일을 새롭게 시작했습니다. 지난여름에 이런 일이 있었어요. 엄마가 급하게 저를 찾는 전화를 했는데 후배들을 통해 몇 명을 거쳐 내용이 전달되었습니다. '집으로 오지 말라'는 내용이었습니다. 다음 날, 후배가 비밀스럽게 쪽지를 가져왔더군요. 간밤에 형사들이 찾아와 문을 두드리고 법석을 피웠는데, 엄마가 재빨리 제 방의 책들과 종이를 냉동실과 쌀통에 넣고 한 시간이 지나도록 버티어 형사들이 돌아갔다는 내용이었습니다. 무슨 사건만 나면 여기저기서 저를 데려가려 하니 부모님에게 이만저만 죄송한 게 아닙니다.

다음 날 밤에 몰래 집에 들어가 엄마와 아빠를 안심시키고 감사를 표했어요. 엄마가 보여준 변화에 저는 감동했거든요.

"엄마! 무서운데 어떻게 버텼어? 대단하다. 나는 그렇게 못 했을 거야."

"내 딸 또 데려간다는데 다리가 벌벌 떨려도 이를 악물고 참았지. 소영이 없다고 해도 계속 문을 쾅쾅 두드리고 초인종을 누르는 거야. 이러다 또 네가 잡혀갈 생각을 하니 이놈들! 내가 죽어도 문을 열면 안 될 거란 생각이 들더라. 그러다 책을 숨겨야겠는데 세상에 어디 넣을 데가 있어야지. 에이, 모르겠다 하고 온갖 곳에 감췄다. 아이고! 한 시간도 더 있다 가더라고. 출판사 하는 진숙이 전화번호가 벌벌 떨려서 보여야 말여."

엄마는 이제 침묵을 깨고 자신의 목소리를 선택하기 시작했습니다. 그의 영혼이 긴 잠에서 깨어나 살아

나는 느낌입니다.

저의 이런 불안한 상황을 고려해 아예 공개적인 활동을 하기로 마음먹고, 서울의 EYC(한국기독청년협의회) 전국 회의에 참여했습니다. 교회는 아직까지는 저들이 함부로 탄압할 수 없는 유일한 곳이니까요. 올해로 들어서면서 천주교 정의구현사제단, 가톨릭농민회, 기독교교회협의회, 장로교협의회 등의 시국선언문이 연일 발표되고 대학교수협의회나 재야 단체와 야당의 김영삼, 김대중 씨 등도 전두환 정권 이후의 직선제 개헌과 민주헌법을 위한 공개 투쟁을 시작하고 있습니다. 이 어둠의 사회가 언제나 좀 나아지려는지요. 여기저기서 온갖 사건이 일어날 때마다 조금씩 저도 지쳐갑니다만 힘을 내어 서울에 갔었던 거지요.

이번 EYC 집회는 한신대학교에서 회의를 한 후에 간단한 시국선언문 낭독 후 교문으로 진출하는 일정이었어요. 대전에서의 교내 시위는 교문 밖에 진을 치고 있는 전경들과 왔다 갔다 돌을 던지거나 최루탄 몇 발 쏘고 자진 해산하곤 하는 것이 관례였습니다. 학내까지 전경이 쳐들어오거나 과격하게 진압하지는 않는 불문율이 있었어요. 전경과 학생은 어제의 과 친구 혹은 선

후배인 경우가 많았고 시위대도 적당히 하다 철수하니까요. 그래도 다른 학우들과 시민들에게 현실의 부당함을 알리는 선전의 의미는 있었습니다.

저는 야학을 해볼까 생각하며 EYC 야학 팀들을 만나고 한신대 앞 집회를 보다가 집으로 가야 할 시간이 되어 일어났지요. 그때 마침 저 멀리 교문 밖에 있던 전경들이 최루탄을 쏘며 무섭게 달려오고 있었습니다.

아뿔싸! 순간적으로 뒷길로 도망가면 되리란 생각이었지만 전경들 서너 명이 완전무장한 채 곤봉을 들고 달려오는 위세는 가히 무서울 정도였고, 직격으로 무수히 쏘아대는 최루탄으로 순식간에 아수라장이 되어버렸습니다. 저는 여기서 잡히면 개처럼 맞으리란 생각에 미친 듯이 달렸지만 바로 뒤의 학생이 퍽 쓰러지며 곤봉이 춤추는 것이 보였습니다. 퍽, 퍽, 퍽, 소리와 함께 으악 하는 비명 소리. 최루탄 연기로 눈물 콧물은 미친 듯이 쏟아지고 이제 그나마 앞도 보이지 않았어요. 모르는 길을 무작정 달렸지요. 숨이 턱에까지 차 머뭇거리는 순간 제 눈앞에 높은 담이 나타났습니다.

'아. 잡혔구나. 여지없이.'

절망하여 다리의 힘이 풀려 그대로 쓰러질 것 같았

어요. 그 순간 담 위에서 누군가의 손이 급하게 내려왔습니다.

"여기요, 이거 잡아요."

구원의 동아줄을 잡고 아슬아슬하게 학내로 들어와, 눈물 콧물과 땀에 범벅이 된 채 앉아 격한 숨을 몰아쉬었습니다.

"이거 쓰세요."

그는 치약과 수건을 내밀며 자신은 서울대생 김경인이라 하였습니다. 너무 고마워서 뭐라 할 말이 없었지만 시간이 촉박해, 간신히 추스르고 지는 노을을 보며 터덜터덜 걷다 보니 버스터미널이었습니다. 그의 이름을 기억하며, 다음에 또 보자고 손을 잡는데 따스했습니다. 잠시 망설이다 조금 용기를 내어 제 주소와 전화번호를 주었지만 그도 나에게 연락하는 일이 위험하다는 것은 알고 있었을 겁니다.

"오늘 고마웠어요" 하며 버스 티켓을 끊고 차를 타려는데 그가 우유와 빵을 산 봉지와 함께 쪽지를 하나 내밀더군요.

"다시 만날 수 있었으면 좋겠어요. 안전한 전화번호가 하나 있기는 한데 비운동권 친구거든요. 거기로 미리 전화해주면 이삼일 후에는 만날 수 있을 거예요. 서울 올라오기 전에 연락 줄래요?"

순간이었지만 환하게 핀 벚꽃 아래 서 있는 기분이었습니다.

"……"

그렇습니다. 제가 여성임을 느끼게 하는 기분 좋은 따스함이 가슴에 가득 올라오더군요. 내 손을 잡아 올려주던 그의 손을 다시 보았습니다. 버스 티켓을 흔들며 처음으로 이런 말도 했습니다.

"헤어지기 좀 아쉽네요. 한데 이걸 벌써 끊어놓아서."

지금 버스는 조치원을 막 지났습니다.

그리고 두 번째 일도 이미 시작되었습니다. 남성 중심의 민주화 세력에게 의존하기보다는 여성의 인권 보호를 위해 스스로 조직을 만들기로 마음먹고 첫발을 떼었습니다. 전에 말씀드린 친구 지우와 몇몇 후배들 그리고 사회학회 여성 후배들을 따로 모아 여성학 공부를 하게 되었죠. 어떤 조직이 될지는 모르겠지만 YWCA같이 소비자운동보다는 기독교 색채가 없는 여성 권익 보호 단체를 만들 생각입니다. 말로는 동등

하다 하지만 문화와 인간 내면에 뿌리 깊은 차별 의식은 쉽게 바뀌지 않으리란 생각입니다. 아마도, 이것은 아마도입니다만 선배 형들이나 조직에서는 이 움직임에 대해 "따로 조직화를 비밀리에 할 이유까지 있겠는가?" 하며 이의 제기를 할 수도 있다는 생각에 조용히 여성 친구들만 모아나가고 있습니다.

　현진 형. 요즘 이론 논쟁을 시작한 우리를 들여다볼 때마다 알 수 없이 지쳐갑니다. 민주화와 민중 해방은 어떤 관계여야 하는가? 민족 해방이 먼저인가? 반미는 필요한가? 그 이유는 무엇이며 미래 사회 대안으로 무엇을 우선에 두어야 하는가? 이러한 논쟁들이 많아지고 있습니다. 제 눈에는 이를 통해 점차 서로 분열하며 주도권 싸움을 하게 되어가는 듯 보입니다.

　대전은 통문회라는 학내 오픈 단체를 중심으로 민족 해방 기치를 내건 조직이 형성되었습니다. 작은 입장 차이만으로도 서로에게 이름표를 붙이려는 경향이 생기고 있네요. 다양한 이론 논쟁은 필요하겠지만 민주노조 한 개도 없는 우리 현실로서는 머리로 답을 내봐야 머리가 몸통보다 서너 배 큰 기형아가 달리고 싶어하는 것일 뿐이라 생각합니다.

저는 그저 제가 도움이 될 곳을 찾아 떠나고 싶습니다. 이론과 논리는 실제 삶에서 혹독한 실험을 통해 역사적 진실 여부를 확인받아야 할 때가 되었다 생각합니다. 쓰다 보니 너무 거창하네요. 간단히 말해 이론을 논하기보다는 다수 민중과 함께 숨 쉬고 그 안에서 이론이 정립되기를 바랄 뿐입니다. 실천적으로 앞서 나가지는 않고 관리와 통제를 하며 머리를 굴리는 지도부와는 점점 소원해지고 있는 느낌입니다. 아마 그들도 나의 이런 태도를 알고 있는 듯 보입니다. 혼자 해볼 생각입니다. 어차피 도와줄 사람도 없습니다.

요즘 하는 일은 야학을 만들기 위해 후배들을 모으고, 평등 교육의 자세와 관점을 갖게 하는 교육과 학습을 하며, 다른 한편으로는 학생들을 위한 교육 과정과 그에 걸맞은 교과서를 일일이 쓰고 복사하고 제본하는 일입니다. 앞으로 야학을 할 수 있는 싸고 안전한 장소를 찾아야 하고, 홍보물을 만들어 노동자들도 모아야 하고, 그렇게 우선 6개월간 교육을 해나갈 생각입니다. 가끔 힘내라 해주셔도 좋겠습니다.

영어와 수학 과외를 해 책 만들 돈을 만들고, 후배들과 라면 한 끼를 나누어 먹은 뒤 새벽달 보며 집에 들어가는 게 다반사가 되었네요. 김치가 있는 날은 라면이 얼마나 맛있는지 모릅니다. 좀 일찍 끝나 버스가 끊기기 전에 마지막 버스를 타는 날은 행운이지요.

건강하시고 건강하세요.

가출하며

에미에게

후후, 엄마라 부른 지 이제 3년째인데도 낯설고 에미라 부르는 것이 더 정겹네. 요즘 에미가 아빠와 함께 편안하게 있는 모습은 보기 좋아. 요즘 엄마처럼 못 배운 여성 노동자들에게 한문, 영어, 역사, 국어, 놀이, 노동법 등을 가르치고 있어. 엊그제는 노동자 자매가 집으로 놀러 왔었지? 빵떡같이 귀엽고 동글동글한 녀석들 말이야. 풍한방직에서 3교대 일을 하고 저녁에는 부설 고등학교에서 공부하는 학생들이야. 순희는 나를 퍽 좋아 하네.

"선생님, 밤에 졸리면 어떻게 하는지 알아요? 커피 믹스 가루를 두 봉지쯤 입에 털어 넣고 그걸로 안 되면 잠 안 오는 약을 사 먹어요. 커피를 물에 타 먹을 시간이 어디 있어요? 그러다 다치거나 불량 나오면 정말 회사 를 그만둬야 하거든요."

당당하고 씩씩한 그도 가족들 이야기를 할 때는 어 깨가 무거워 보이곤 해. 저 어린 소녀들은 대부분 농촌 에서 밥벌이할 수단이 없어 노동자가 되어 가장 노릇을 하고 있어. 방직 공장은 기계가 365일 돌아야 하기에 구정과 추석을 제외하곤 집에 갈 수도 없어. 그날은 내 생일을 어찌 알고 선물을 사 왔더라고. 나는 선물보다 그들의 월급 명세서를 가져다 달라 했지. 근로기준법을 얼마나 지키는지 보려고 말야. 따져보니 야간 수당이며 휴일 수당, 월차 같은 것도 제대로 지키지 않고 있었어.

고민이야. 노동조합이 있어도 어용노조가 대다수 이고, 법으로 정해놓은 임금조차 못 받아도 아무에게도 말할 수 없잖아. 우선 대부분 노동자가 근로기준법이 있다는 사실도 모르고, 임금 체계대로 받는다면 월급이

거의 0.8배 정도는 될 테지만 누구도 근로감독관에게 가서 말할 수가 없어. 만약 임금 체불에 항의하면 회사에서는 그를 그냥 해고할 것이고, 해고당하면 블랙리스트에 올라가. 그러면 보안대 같은 곳에서 빨갱이나 위험분자라며 계속 재취업을 방해하거든.

이런 살벌한 시대에 노동조합을 다시 만든다는 것은 그렇게 쉬운 일이 아니지. 게다가 야학을 할 장소를 빌릴 돈이 없어 교회 공간을 알아봤어. 목사가 일요일 예배에 참석하는 것을 조건으로 밤에는 써도 된다 하기에 일요일, 수요일마다 가서 기도도 하고 찬송도 불렀거든. 설교를 듣다 보면 '저 사람 예수 팔아먹으며 돈 버는구나. 예수가 언제 저렇게 말하고 당신처럼 살던가?' 하면서도 겉으로는 '목사님, 목사님' 하며 아부를 했건만 우린 결국 쫓겨났지. 안기부에서 압력을 넣었나 봐. 학생들을 데리고 이제 어디로 갈지…….

엄마, 언젠가 시간을 만들어봐요. 당신이 한글을 배우면 참 기쁠 거야. 솜씨도 좋고 정성도 많고 열심인 엄마니까. 엄마라고 부르니 좋네. 이런 날이 오리라곤 생각하지 못했는데. 가끔 저 학생들 자리에서 엄마도 함께 한글과 역사를 배우면 얼마나 좋을지 생각하곤 해. 당신은 못 배운 것을 부끄러워하지만 사실 놀랍도록 현명하고, 삶에 대해 진실로 열정적인 사람이라는 걸 알아. 몸이 삐뚤어졌다고 아예 두문불출하니 참!

엄마가 아빠와 둘이 다정히 커피도 마시고 담배 그만 피라 잔소리도 하는 것을 보면 가슴이 따스해져요. 평생 남편과 아이들을 멀리서 쳐다보기만 했잖아. 이제 마음껏 누려요, 엄마와 아내의 자리를. 사실 말은 안 했지만 나에겐 소원이 있어. 다른 집 모녀처럼 엄마와 손잡고 슈퍼도 가고 세상 구경을 하는 거야. 평생 집 안에만 처박혀 산 당신은 엘리베이터를 탈 줄도 모르잖아. 언젠가 내 일이 끝나면 당신에게 돌아갈 거야. 기다려줘요.

한데 지금은 집을 떠나야 할지도 모르겠어. 서부 쪽 야학이 기대보다 많이 힘들어서 내년에는 공단에도 야학을 열 준비를 하고 있거든. 서부 쪽은 작은 가내수공업이 많아 조직화도 어렵고 나이 어린 여성 중심이라 노동 시간이 너무 길어서 모이기 어렵다는 단점이 있어. 대화공단은 중공업 공장과 규모 있는 다양한 회사가 있고 노동자 밀집 지역이라, 서부야학보다는 많이 모이리라 기대해보고 있어. 선생을 모집하고 학생을 모으는 포스터를 벽과 전봇대에 붙이는 등등 길고 긴 과정 끝에 수업을 열 날이 기다려져.

학생들에게는 돈을 받지 않는 것이 원칙이기 때문에 우린 또 자주 저녁밥을 거르게 되겠지. 그래도 행복해. 언젠가 꽃이 될 씨앗을 뿌리는 기분이거든. 대화동 근처에 월셋방을 구해 그곳에서 살기로 했어. 한마디로 몸조심해야 하고 바쁘단 이야기야. 그러니 잠시 집을 떠나는 나를 용서해. 당신의 인생에도 봄이 오길.

추신: 이 편지는 파출부 아줌마가 돋보기 쓰고라도 읽어주실 거야. 부탁해놓았어. 참, 아빠에게는 비밀이야! 늦게 들어왔다 나갔다고 해줘요.

햇살처럼
너에게 갈 수 있다면

1985년 12월 10일

경인에게

몰랐는데 네가 나보다 나이가 어리더구나. 복학생 아저씨라 생각했네. 하하. 하지만 네가 너의 고향 광주를 이야기할 때면 무거운 결의를 느끼게 돼서 역시 아저씨 같아. 네가 광주항쟁의 참상을 목격한 이야기를 했을 때 적당히 얼버무리며 딴 이야기한 거 미안해. 변명 같지만 가슴이 아려와서 도저히 더 들을 수 없었거든. 그래도 누난데 엉엉 울면 이상할 것 같았어.

법대를 가라는 양친을 설득하여 정치학과를 선택한 이유가 그것이라 이야기할 때는 마음이 아프면서 한숨이 나오더라. 지금의 우리 현실에 정치학이 무슨 소용이며 무엇을 가르쳐줄 수 있을까 싶었거든. 너와 손잡고 관악 캠퍼스에 우수수 떨어지는 낙엽 위를 걸을 때 오랜만에 너의 미소를 보았어. 그래, 우리 가끔은 웃어도 되지 않을까? 나야말로 평소 웃을 줄도 모르는 20대 우울증 늙은이 같아 보이지 않니?

바쁘리라 생각하지만 어제는 대화야학의 졸업식이 있었기에 네가 혹시 올 수 있을까 기대했었다. 한신대 집회에서 내가 전경들에게 잡혔다면 오늘의 야학은 가능하지 않았을 거야. 이번 대화동에서의 야학은 처음에는 열정적으로 홍보를 해도 반응이 싸늘했어. 후배들과 며칠 동안 대화동 구석구석을 돌며 전단을 나눠 주었건만 정작 입학식 날 모인 학생은 스물다섯 명 정도였거든. 게다가 노동자는 몇 명 되지도 않고, 주변에 사는 16세에서 20세 정도의 말썽꾸러기가 대다수였어. 가끔 40대 한국타이어 노동자와 대전견직 여공들과 택시 기사도 왔는데 아쉽게도 그들은 함께 어울리기 힘든 분위기가 되어버린 거야. 수업 시간에 "강학님, 손 좀 줘봐요" 하고는 개구리를 쥐여주거나 하는 일이 다반 사였다.

그리고 그들은 슬슬 우리의 정체가 무엇인지 다 안다는 듯이 학교에 집단으로 오지 않는 날이 많아졌 어. 우린 동네를 어슬렁거리며 담배와 술과 패싸움에 몰두하는 아이들을 찾아 가정 방문을 다녔지. 사회과 학적으로는 빈민들이라 하고 겪어보면 양아치에 깡패 들이야. 노가다를 뛰거나 동네 형들처럼 감방에 들락 거리거나 희망도 미래도 없이 '뭔 재밌는 일이 있을까' 하며 하루를 어슬렁거리는 아이들. 한마디로 통제 불 능이었어. 장난이 심해서 슬리퍼 질질 끌고 와서는 "강 학님 담배 한 개만" 해서 얻어 피우고는 수업 중에도 종종 나가버렸어. 강학들은 학강들*을 교육하는 것이 가능할지 막막했다. 우린 이 현실에서 다시 시작해야 만 했지.

'방향이 아니라 방법을 바꾸자.'

우리는 힘들어도 수업 이외 활동을 늘리기로 했어.

---

*   강학은 '가르치며 배운다', 학강은 '배우며 가르친다'는 의미로 각각 야학 교사와 학생들을 지칭한다.

그들에 대해 배워야 제대로 소통이 될 테니, 서로를 자유롭게 놓아주는 시간을 갖기로 한 거지. 수업은 가능한 재미있는 놀이 중심으로 연극과 율동을 가르쳤고 수업이 끝나면 언덕에 있는 떡볶이 집에 모여 술을 마셨어. 사실 난 술을 한 모금도 마시지 못해. 아빠를 닮았거든. 그래도 거의 매일 자리하며 그들 사는 이야기를 듣고 우리도 우리 이야기를 했어. 그렇게 교실의 테두리를 벗어버렸지.

처음에 의심의 눈초리로 '너희들 뭐야? 흥, 별일이군. 우리 인생을 어떻게 안다고' 하며 바라보던 그들은 차츰 마음의 문을 열고 자기 이야기를 시작했어.

"아빠가 도망가서 엄마 혼자 우리 키우는데 학교는 재미없어 때려치고, 같이 노가다 뛰는 형들하고 본드하다가 싸워서……"

"아빠가 매일 때려서 집에는 안 들어가고 동네 형들하고 놀다 보니 가게에서 물건 훔치고 삥뜯다 걸려서……"

"엄마가 쓰러져서 집에 병원비도 없는데 일당도 안 주는 개새끼 때문에 화가 나서 싸우고……"

하나같이 평온한 가정은 없고, 형제들은 물론 자신

들도 감방을 드나들며 사는 인생이야.

"강학님! 아니 누나!"

"응?"

"어떻게 살아야 하죠?"

"거짓말을 좀 하지 마."

"예?"

"입만 열면 핑계 대고 속이고."

"누나 앞에선 쪽팔린 이야기도 다 했는데."

"어떻게 살아야 하는지는 나도 몰라. 배우고 때를 기다려."

"힝! 알면서."

"너 여공들 데려다 협박하고 돌림방 놓는 것 어떻게 생각해."

"……"

이제는 안 하겠다는 약속을 하고도 더 할 말이 있는 듯하더니 묻더라.

"그런데 왜 맨날 술 사줘요?"

"너는 술을 마셔야 이야기를 하잖아. 나 혼자 수업에서 떠들어도 듣지도 않지? 지겹지?"

"……그래도 들어요. 잘 안 들어오지만."

대화동은 도시 끝에 있어서 수업이 끝나고 술 한잔 하면 종종 버스가 끊어져. 우리 팀의 어떤 친구는 다음 날 출근을 해야 하고 학강들 대다수는 학교를 가야 해. 버스가 끊기면 같이 걸어가자, 하고는 어깨동무를 하고 노래를 불러. 홍도육교를 지나 네거리를 지나, 대전역을 지나서 계속 가다 보면 해가 멀리서 떠오른다.

"사랑도 명예도 이름도 남김없이 한평생 나가자던 뜨거운 맹세……"

걸어오는 내내 노래를 불렀다. 가슴 뜨거운 우린 아무런 대가를 바라지 않으며 서로를 믿고 깊이 의지하게 되었어.

그래서 대화야학 강학들이 모일 작은 월셋방을 구했다. '하늘다방'이라 이름 붙이고 집에 가지 못할 때나 토론할 때 그곳에서 만나기로 했지. 물론 미행을 늘 조심해야 해. 가끔 야학 건물 앞을 지키고 선 검은 세단을 보면 나는 그것이 어디서 온 차인지 알지만 다들 동요할까 봐 아무에게도 말하지 않았어. 그리고 혼자 걱정에 잠겨. 이 사실을 알게 되면 강학들과 학강들이 위축돼서 다 도망갈지도 모를 일이거든.

한번은 열세 살 세훈이가 꼬질꼬질한 옷을 추스르

며 슬리퍼를 끌고 달려왔어.

"강학님, 지금 큰일 났어요. 상민이 형이 쓰러져서."

매일이 사고 치는 날이라 그때쯤엔 이골이 나더구나. 읍내동 형들과 한판 붙어서 개처럼 맞고 피를 흘리더군. 병원에 데려가려 하자 "내버려둬요" 하며 거칠게 손사래를 치기에 야학으로 데려와 약을 발라주었어. 그것도 교육이라면 교육이었네.

함께 노래하고 연극 대본을 쓰고 연극 연습을 하다 누군가 틀리기라도 하면 키득키득 웃다가도, 금세 심취하여 놀라운 에너지로 연극 공연을 했어. 졸업식에 지인들도 초청해 잔치를 열었지. 서로가 형제처럼 격이 없어지고 어려운 일이 있을 때 나누다 보니 마지막 날은 울음바다가 되고 말았어. 다음 야학에도 또 나오겠다고 하기에 "아서라" 하며 졸업생 모임을 하기로 약속하고 무사히 끝냈다. 정말 길고 긴 여행이더구나. 야학 하나를 준비하고 끝낸다는 것은.

때로 나는 솔직히 말하고 싶었다.

'얘들아, 난 너희에게 아무런 답도 줄 수 없었다.'

그들 중 여럿에게는, 장차 도박과 알코올 중독에

빠지지만 않아도 성공일 거야. 혹시라도 내가 그들을 무시한다 생각지는 말아줘. 그렇지는 않아. 다만 빈민 운동은 지역에 오래 살면서 지속해나가야 하지, 그들에게 있어 우리 같은 뜨내기는 잘난 척하는 이방인일 뿐이야. 다음 학기는 좀 더 신중하게 준비해서 노동자 중심으로 이끌어가야 하리란 생각이야. 올해는 이 지역의 빈민들에게 일종의 신고식을 한 셈 치고 앞으로는 부디 또 한 발 나아가고 싶다.

　서부야학도 후배들이 잘 이끌어 졸업까지 마무리를 잘 할 수 있었어. 그러나 야학을 할수록 의식 있는 노동자가 되는 길은 절대로 쉽지 않다는 벽에 부딪히곤 해. 이들은 다른 노동자들 사이에서 더 외로워질 것이고, 뭔가를 알게 될수록 자신의 현실을 더욱 괴롭게 느끼기도 하겠지. 넓은 세상을 보았음에도 침묵해야 하는 자신을 발견하게 될 거야. 그렇다 해도 혼자보다 함께하는 것이 좋아. 서부야학과 대화야학의 졸업생 중에서 뜻이 있는 친구들은 따로 모임을 갖고 역사와 정치에 대해 공부하기 시작했어. 이참에 나도 너를 생각하면 힘이 된다는 고백을 하고 싶다. 한데 우린 언제 만날지 기약이 없구나.

경인아. 네가 준 '민족해방을 위한 문건'에는 반미의 필요성에 대해 깊이 고뇌한 흔적이 역력했어. 올해도 대다수 남학생이 교련 교육을 받아야 하고 1학년 때 전방에서 일주일간 훈련을 받아야 하고 2학년 때는 전방 부대 초소 경계 강제동원이 되고 있다는 건 알아. 따라서 전방 입소 거부 투쟁은 방법론으로는 훌륭한 전술이라 생각하고 동의하지만, 이를 '미국의 군사기지화'이자 '용병 교육'이라 하는 데에는 논리적 비약이 있지 않은가 생각해. 용병 교육화의 뿌리에는 대학생을 정권의 통제하에 두려는 현 군사정권의 반민주적 속성이 가장 직접적으로 자리하지 않을까?

겨울비가 내리려는지 하늘이 무겁게 내려앉는데 첫눈이 오면 좋겠다. 이제 서울에 갈 수 없을 만큼 바빠서 언제 다시 너를 만날 수 있을는지. 첫눈을 맞으며 너와 함께 걸을 수 있는 자유의 날이 그립다.

전에 네가 물어본 것에 답을 해야겠다. 나는 이제 중심 조직에서는 나와서, 누구의 지도를 받거나 하지는 않아. 저번 징계 이후 관계가 금이 간 듯싶어. 이론 논쟁이 시작될 때 나 자신도 시들해졌고. 사실 나에게는 참 다행이야. 언제 잡혀갈지 모르는 조직의 일원이라는 것은 내겐 너무 고통스러웠거든. 솔직히 지금도 악몽을 꾸곤 해. 잡혀가서 고문을 당하다가 결국 조직에 대해 불게 되는…… 최악의 악몽이야. 내 야학 책임지기도 힘든 내 그릇엔 부담이었어. 다만 중심 조직에서 후배를 한 명 보냈더군. 듬직하긴 한데 필요한 정보나 자료를 요구하면 언제나 "응, 응, 응" 하고는 다음에 만나면 빈손이야. 이젠 그러려니 해. 그 친구의 형도 노동운동으로는 유명한 분이지만 대전엔 단 한 건의 노동운동 사례도 없어. 아주 조용하지.

이렇게 중언부언 쓰다 보니 이 편지 들키면 큰일 나겠다 싶다만 이 편지조차 없으면 너와 너무 멀어지는 것 같아. 지난번에 서울역에서 너를 두고 돌아설 때 우울한 눈빛으로 나를 쳐다보던 네가 잊히질 않아. 마지못해 내 손을 놓고 뒤돌아 바삐 가는 네 뒷모습을 따라가 붙잡고 싶었어. 평소답지 않게 먼저 뒷모습을 보인 이유가 뭘까 생각했어. 넌 울고 있던 걸까? 아니겠지?

지금도 광주항쟁의 악몽을 꾸고 있는 네 심경을 이해해. 어떻게 안 그럴 수 있겠어? 그러나 악몽이 우리의 영혼을 조금씩 먹어 들어가고 있는 것은 아닐까? 이 억울한 역사는 자유에 대한 믿음과 함께 있어야 하고, 그렇기에 우리는 노력할 수 있는 거고, 너는 누구보다 열정을 다하고 있으니…… 억지로라도 이를 악물고 그 악몽을, 죄책감을 제발 광주에 묻어두기 바라. 나도 매일 나를 망치지 않으려 노력한다. 이런 상투적인 말밖에 할 수 없어서 미안해.

곧 크리스마스에 연말인데, 광주에 갈 때는 꼭 한 번 들러. 새해는 너와 함께 맞이하면 좋겠어. 감정 표현을 망설이는 나를 이해해주길. 그렇지만 보고 싶다. 그리운 사람이 있어 행복하다고 나를 설득해주렴.

이 편지는 가짜 주소와 가명으로, 집에서 멀리 떨어진 우체국에서 부칠 생각이야. 너의 친구 주소는 안전한 것 같더라. 문제가 생긴다면 바로 연락 줘. 이 편지는 보고 바로 없애고. 답장 기다릴게.

몸조심하길.

다음 생에
만나자고?

경인에게

일주일 전에 도착한 너의 편지가 분신을 앞두고 쓴 마지막 편지였음을 오늘에서야 알게 되었다. 설마, 설마 하며 다리가 풀려 일어설 수도, 누울 수도 없었어.

　시위 도중 네가 분신을 했고 병원에 실려 가 사경을 헤맨다는 소식을 듣고 도저히 믿을 수가 없어 한참을 멍하게 앉아 있었어. 순식간에 감정이 아주 복잡해졌지. 너 자신의 소중한 생명을 함부로 죽이는 대신 다른 방법이 없었느냐고 따지고 싶은 분노감, 왜 내게 말하지 않았을까라는 섭섭함, 아니 나는 왜 미리 알아채지 못했을까 하는 자책감, 다시는 너를 볼 수 없을지도 모른다는 허탈함과 상실감……. 이 모든 것이 눈물이 되어 떨어진다.

나는 급성간염으로 쓰러져 링거에 의지해 치료를 받고 있어서 서울에 갈 수도 없다. 상상으로는 너의 병실 문을 수백 번 두드리고 있지만……. 아, 이런 일이 있을 수 있다니 백 번을 되뇌어도 믿을 수가 없어. 너의 편지는 심상치 않은 굳은 결의에 차 있었지만 설마, 그렇게 하리라고는 꿈에도 생각지 못했어.

경찰이 쫙 깔려 시위가 무산되었다고 실망하는 너의 편지를 읽으며 '힘내'라고 그저 마음으로만 기도했는데.

옥상에서 다가오는 경찰들에게 "가까이 오지 마, 다가오면 분신할 거다" 했다지. 설마 그들이 너의 외침을 들으리라 상상했던 것은 아니겠지? 시위 전날까지도 동호와 너는 지도부에 분신할 생각이란 말을 하지도 않았다는데 어찌 둘 다 그런 결정을 할 수 있었니? 집에 마지막 편지를 보내고 죽을 결심을 이미 했을 줄이야.

이 글을 쓰면서 눈물이 종이 위로 뚝뚝 쏟아지는 것을 어찌 막을 수 있겠어.

'다음 생이 있다면 꼭 다시 만나요.'

너의 편지의 한 구절을 보았을 때 나는 이별 통보를 한다고 여겼어. 만남을 이어가기가 어려워 포기하는 것인가 했지. 그리고 네가 보낸 편지들을 뒤적여보았어. 바보같이 너의 마음을 놓치고 있었던 것은 아니었을까 자책하면서. 새로이 눈에 들어오는 부분이 있었어.

광주항쟁을 목격하고 내 가슴은 찢기고 피바다가 되었었지. 헬리콥터의 난사로 내 앞으로 쓰러지는 어린 학생을 보았지만 너무 무서워서 도망가야만 했어. 평화로운 마을에 순식간에 벌어진 일이라⋯⋯ 악몽을 꾸며 가위에 눌릴 때면 피투성이로 쓰러진 여인들과 시민들이 보여. 손을 잡아주려 내밀었을 땐 이미 거리는 시체로 가득하고 산 자는 아무도 없었어. 엉엉 울다 나도 총에 맞고 고통으로 몸부림치다 깨곤 했지.

너를 만난 것은 그 핏속에서도 꽃을 피울 수

있다는 놀라운 경험이었다. 피 속에 피는 꽃이
라니. 그때 네가 잡았던 내 손을 보면 힘이 난
다. 아무리 지쳐도 이 손이 있구나. 누군가를
도울 수 있구나. 네가 가볍게 하하 웃어줄 때
면 내 가슴속으로 그 꽃이 들어와 환하게 피었
다. 소영아! 고맙고 사랑해.

　누나라고 부르지 않아서 미안.

만난 지 두 달 만에 받은 편지였어. 아, 더 기억하고 싶
지 않다. 너에게 달려가 손을 꼭 잡아주고 싶은데 링거
를 꽂고 누워 있는 내가 원망스럽다.

　서울에서 만난 날, 육교 위를 올라가며 헉헉대는
내 체력을 빙긋이 타박하던 네 모습이 기억 난다. 육교
의 중간쯤까지 먼저 뛰어가 싱긋 웃으며 너는 나를 기
다렸지. 내가 약이 올라 너의 발을 장난스럽게 밟자,
너는 양손으로 내 얼굴을 정성스레 감싸고 이마에 입
맞춤해주었다. 너의 눈빛에 수줍어서 애써 바삐 걸으
며 앞서가는 너의 손을 잡았을 때, 멀리 붉은 노을이 아
름다웠어. 어서 몸을 추스르고 너를 만나러 가야 하는
데…….

멍하니 창밖을 바라본다. 봄이었구나. 봄이 이렇게 잔인할 수 있을까? 잠이 들면 붉은 화염에 싸여 미친 듯이 소리 지르는 너를 붙잡다 그 불길이 옮겨 붙어 타들어가는 악몽을 꾼다. 그을려 새까만 너의 손을 잡고 '일어나, 일어나' 소리 지르지만 내 목소리도 불길 속에 작아지다 공허한 메아리로 돌아오는 절망감 속에서 잠을 깨곤 하지. 떨어지는 꽃 한 송이 송이가 나의 눈물 같아. 편지를 쓰고 있는 내가 처량하고 미친 것 같아. 이 판에 편지나 더듬거리고 있는 몰골이라니…….

어서 일어나.

죽으면 안 돼.

중학교 이후 까맣게 잊고 있던 나의 중학 시절 친구 하늘에게 기도한다. 제발 경인이를 일으켜줘. 내 생명을 덜어줘도 좋아.

사라진 형과
쓰러진 나

1987년 6월 1일

현진 형에게

형의 소식을 물어봐도 아는 사람이 없으니 무슨 일인지
요. 지난번 대전에 오셨을 때 어떤 말씀도 없었는데, 갑
자기 휴직계 내고 어디 여행이라도 떠나신 것인가 궁금
합니다. 벌써 일 년이 지났습니다. 그간 편지를 쓸 만한
여유 시간이 없어 이제야 답장을 보냅니다. 이 편지를
받으시면 꼭 연락 주세요. 하고 싶은 말이 가슴에 차곡
차곡 쌓이고 있습니다.

결국 작년에 경인이가 숨을 거둔 것은 신문을 통해 아셨지요? 장례식 행렬이 시위대로 발전해 전경들과 충돌했다는 소식을 들은 지도 1년이 지났습니다. 그렇게 허망한 봄이 가고 또 봄이 왔습니다. 이제 봄에 핀 개나리꽃만 보아도 멀미가 나 기절할 것 같습니다. 경인이에 대해선 가슴에 고이 묻고 있습니다. 그 친구와 사귀었다는 것을 제 주변에서는 형밖에 모릅니다. 다행히 형이 아무것도 묻지 않아 저도 아무 말 않아도 되어 그냥 꿈인 듯 지나가고 있습니다.

　　모두 잊고, 모두 접고 오직 앞으로 나아갈 거라 마음먹었습니다. 보여도 안 본 듯, 들려도 못 들은 듯, 생각나도 철저히 털어버리며 모든 감정의 문을 닫아걸었습니다. '더 이상 버틸 수 없어' 하는 말이 튀어나올까 봐, 이를 악물고 무표정하게 다음 학기 야학을 준비하고 있습니다.

　　야학 선생 소모임을 만들어 소개로 만난 후배들 교육을 하고 있습니다. 후배들 중에는 공대생도 있고 약학과 학생도 있는데 공대생 녀석의 손목이 눈에 들어왔어요. 필경 자해를 한 흔적이었습니다. 또 동철이란 녀석은 술만 먹으면 웃통을 벗고 뛰쳐나가 아무 곳에서나 자곤 하더니 한번은 도로 위로 달리는 차 사이를 한없이 걷고 있길래 데려온 적도 있었습니다.

사실 대학생이라 하지만 집안이 넉넉하고 문제없는 가정은 별로 없어 보입니다. 지난 겨울방학에는 선생들이 교대로 군고구마 장사를 했습니다. 야학을 하려면 방학 동안 준비할 것도 많아 시골로 내려갈 수 없으니 방세를 벌어야만 했어요.

"군고구마 사세요. 군고구마."

얼어붙는 날씨에 손이 곱는 지경에도 하얀 눈을 맞으며 깔깔 웃는 후배들을 보았습니다. 고구마를 다 팔아서 너무 기뻐하더군요. 우린 동고동락하며 주머니를 털어 함께 살고 있습니다.

작년 생각이 납니다.

선생들과 계룡산에 민박을 정하고 며칠 동안 철야 토론과 산행을 이어가는 MT를 강행했었지요. 그러다 집에 돌아온 날 내 방문을 열고 들어가려는데 아빠가 부르셨어요.

"소영아 이리 와봐."

아빠는 화장실에 서서 변기 안을 바라보고 계시더군요.

"아! 물을 안 내렸네요."

"이거 봐라."

가리키는 변기에는 처리하지 않은 소변 색이 빨간 와인 색이었습니다. 결국 급성간염 판정을 받고 쓰러졌습니다. 한데 앓는 동안 선후배들과 노동자들이 매일 찾아왔습니다. 전염성이 높은 병이라 만류하는데도 한사코 말이지요.

"엄마, 나를 찾아오는 사람들은 모두 배고픈 사람들이야. 뭐라도 대접해줘."

엄마는 매일 방 안 전체와 모든 그릇을 일일이 소독하면서도 불평 한마디 하지 않으셨습니다. 그렇게 한 달 넘게 누워 있었습니다. 간염은 완치되었지만 이상하게도 항체가 생기지 않았다 하더군요. 그래선지 무기력감이 자주 찾아오고 있습니다.

야학 건물 건너편에 검은 세단이 종일 머물러 있군요. 안기부에서 찾아왔었지요. 세련된 코트를 입은, 한눈에 봐도 관료의 냄새가 나는 거구의 부장님이 호텔 레스토랑으로 나오라 하더군요. 요즘 누구는 무얼 하느냐, 저번에 유인물을 뿌린 건 누구이냐 따위를 물었습니다.

"저는 학교를 나온 지 오래돼서 모릅니다."

"알아볼 수는 있잖아."

협조하면 선생으로 취직을 시켜주고 신랑감을 구해주겠다고 합니다.

"아버님이 공무원이셨고, 연로하시던데. 네가 잘해야지?"

쓸데없는 회유를 내뱉도록 내버려두며 저는 다른 생각을 좀 했습니다. '이들은 돈을 펑펑 쓰는구나. 고급 차에, 명품 외투에 비싼 레스토랑이라⋯⋯.' 태어나서 처음 먹어보는 소 혓바닥 요리가 맛있다는 생각도 했던 것 같습니다. 그렇게 혼자 어색하게 밥을 먹는데 건너편에서 봉투를 쑥 내밀었습니다. 돈이었어요. 여러 감정이 동시에 떠오르더군요.

먼저 놀라고 불쾌했습니다. 그러나 한편 '이 돈이라면 아이들 방세라도 내줄 수 있을 텐데' 하는 얄팍한 계산속이 지나가고, '아니야, 나를 물렁하게 보는구나' 이내 정신을 차렸습니다. 공짜는 없는 법이지요. 단칼에 잘라야 했습니다. 하지만 막상 어른들에게 거절을 해본 적이 별로 없어서 사실 힘든 일이었습니다. 결국 우물쭈물 말했어요.

"제가 돈을 받을 만한 일을 한 게 없고…… 받을 생각 없어요. 이런 자리 불편합니다. 죄송합니다."

그리 말하고 튀어나오는데 뒤통수가 따가웠습니다. 아이고! 이 일로 보복하진 않겠지? 아마도 이들은 녹화사업에 걸려든 다른 학생들에게 '소영이도 돈 받았는데 너도 받아라' 할지도 모를 일입니다. 간간이 '누구누구는 돈 받고 프락치 노릇 한다더라' 하는 확인되지 않는 소문들을 들을 수 있었거든요.

이런 일도 있었어요.

"누나, 진수인데요, 저, 잠깐 만날 수 있어요?"

"그래. '거기'서 보자."

군대 간 후배가 급작스레 연락이 왔지요. 은행동의 한 카페를 그 녀석하고는 '거기'라고 전에 약속을 해놓았었습니다. 진수가 저를 발견하자마자 반갑게 부르는데, 심상치 않은 모습이었습니다.

"얼굴이 왜 이렇게 핼쑥해? 제대 말년이면 살찔 때 아니야? 너 무슨 일 있구나"

"저…… 프락치 하라고…… 너무 힘들게 해서. 누나, 만나고 싶었어요."

이 날도 동향 살피고 보고하라고 하루 나오게 해준

것이라 하더군요.

"지난달에 거절했다가 뙤약볕에 20킬로 군장 매고 연병장을 종일 돌았어요. 그러다 또 불려 가는 날은 구타당하고……"

겪은 일을 들으니 고충이 이만저만이 아니었어요.

"썩을 일이다. 당하기만 하면 안 되지. 내가 이미 다 밝혀진 공공연한 비밀만 추려서 알려줄게."

저들이 알아도 어찌할 수 없는 합법적인 내용들, 뻔한 인맥들을 빠르게 솎아보았습니다.

"……이런 걸 두서없이 들은 척해. 공개된 단체라 직접적으로 문제될 것도 없어."

"그러다 중요한 사항이면 어떡해요."

"음, 잘 생각해봐. 그들은 긴급 상황일 때 민주화 세력을 공격할 정보를 모으려는 거잖아. 그런데 네가 뻔한 정보들만 새로운 듯이 이야기하면 '얘 바보구나. 더 쓸모가 없겠다' 하며 차차 그만둘 거야. 오히려 더 무서운 게 뭔지 알아?"

"무서운 거요?"

"너와 운동권을 분열시키는 거지. 프락치 노릇 했다고 선전당하면 어떻게 되겠어? 그렇다고 그렇게 힘

겹게 버티다가는 네가 큰일 난다. 힘들어도 조금만 버티고, 무사히 제대해야지."

"프락치라고 손가락질 받을까 걱정이에요."

"아니야. 내가 너를 아는데. 제대하면 그런 일 있었다고 떳떳하게 공개해버려. 제대 후엔 마음대로 할 수는 없을 거 아냐. 프락치라고 말 안 하고 이미 깊이 들어와 있는 사람들도 있는데."

"……조심해, 누나."

원칙 없이 타협하기 시작하면 휘말리는 것이 인생이더군요. 어디까지 타협할 것인지도 생각해야 합니다.

전두환 정권 말기가 되니 노태우가 대통령이 될 것이란 소문이 돌고 있습니다. 전두환의 폭정은 계속되고 1월에 있었던 박종철 고문치사 사건이 만천하에 폭로되고 있습니다. 몇 년 전 지하 감옥에서 고문 담당 형사가 손의 물기를 툭툭 털며 "너 같은 년은 성고문을 해야 하는데" 하며 힐쭉대던 모습이 떠올라 잠을 이루기 어려웠습니다. 죽을 정도로 고문을 했다는 사실 전모가 드러나고 다시 여론이 들끓고 있습니다. 은폐한다고 될 일이 아니지요.

5월 3일 인천에서의 대규모 시위로 129명이 구속

되었다 하는데, 무언가 변화가 시작되는 것은 아닌지요. 4월 13일 이미 전두환 정권은 개헌 논의를 유보하고 호헌을 계속할 것이라 선언했습니다. 이는 간선제를 그대로 유지하며 하나회의 2인자인 노태우를 대통령으로 하겠다는 의미 이상이 아닌 것을 삼척동자도 뻔히 아는 사실입니다. 천주교 정의구현사제단이 시국선언문을 내놓고 대학교수와 시민단체들도 동요하기 시작했지요. 결국 사회 각층이 연대하여 '민주헌법쟁취국민운동본부'가 결성되고 반독재 민주화의 열기가 다시 살아나고 있습니다. 이번에는 직선제 개헌으로, 민주화를 향해 갈 수 있을런지요.

가끔 소식 좀 주세요. 불교 학생회 후배들도 소식을 모르니 어디로 사라지신 것인지요. 머리 깎고 스님이 되셨는지도 모르겠네요. 몸도 약하고 예민하신데 모쪼록 건강하세요. 제가 이 길을 걷는 동안 일취월장하여 도를 통하시길…… 농담이에요.

이 인생길 어디선가, 끝자락 즈음에서라도 형이 기다려주시리라 믿어봅니다.

요즘은 답장도 없으시니 짐작만 할 뿐입니다.

다시 감옥에서

1987년 6월 20일

아빠에게

여기서 아빠를 만나리라고는 상상조차 할 수 없었는데……. 교도소에서 아빠를 뵙게 되었습니다. 너무 죄송한 마음을 달래보려고 몇 자 적어봅니다. 시멘트로 거대하게 새로 지어진 이곳 진잠교도소에서는 더 이상 못을 구할 수가 없어 주사 바늘로 쓰고 있습니다.

"정소영. 면회다."

처음이었어요.

면회실 투명 창 너머에 검은 외투를 입고 나를 애잔하게 바라보던 당신은 문득 호주머니에서 종이를 꺼내셨지요.

"내가 밤에 메모해놓지 않으면 잠이 안 와서."

그리고 메모하신 물음들을 건네셨어요. 책은 잘 들어갔니? 몸도 약한데 괜찮니? 간염이 재발한 것은 아니고? 이불은 새로 보냈는데 받았어? 영치금은 들어갔지? ……저는 기어들어가는 목소리로 대답했지요.

"아빠, 괜찮아요."

아빠는 내가 혹시라도 못 알아들을까 봐 키보다 한참 위에 뚫려 있는 구멍으로 소리를 치듯 말씀하셨지요. 종이를 쳐다보다 고개를 바싹 추켜올리시며 외치는 아빠가 힘에 부쳐 보였습니다. 딸에게 목소리가 전해지지 않을까 전전긍긍하시던 모습이 잊히지 않습니다. 그나마도 면회실은 목소리가 웅, 웅 울려서 제대로 알아들을 수 없었어요. 새로 지은 교도소는 어마어마하게 크고, 무섭게 삭막했습니다. 옆에서는 교도관이 대화 내용을 적고 있었고요. 그 눈치를 보다 이 말을 해도 되나 염려하시며, "잘될 거래. 잘될 거야. 곧 나올 거래" 하셨지요.

면회를 마치고 돌아오면서 애써 눈물을 감춰야 했습니다. 연로하신 아빠를 이런 식으로 만나야 한다는 것이 저에겐 무엇보다 아픈 고문이었어요.

'죄송합니다. 아빠.'

말하고 싶었지만 머릿속이 엉망으로 엉켜버려 그 말조차 할 수 없었어요. 내 방으로 돌아오는 길에 눈물이 앞을 가려 면회를 거절할 방법이 없을지 고민했습니다. 면회를 거부했다고 하면 당신은 얼마나 실망하며 쓸쓸하게 집으로 가실지……. 정말 저는 아빠에겐 죄인입니다.

제 뒤로 철컹, 철컹, 지나는 길마다 쇠창살문이 자동으로 내려가는 소리가 들립니다. 교도관은 우는 저를 참으로 무뚝뚝하게 바라봅니다. 제 방은 창문조차 없는데, 시멘트 바닥에 허옇게 드러난 화장실이 윗목에 자리합니다. 어찌나 뻘쭘하게 안 어울리는지 차라리 목동 교도소와 그때 만난 참새들이 그리웠어요.

어떻게 제가 교도소에 오게 되었는지 말씀을 안 드렸네요. 6월 9일 민주화와 직선제 개헌 시위에서 이한열 학생이 최루탄에 맞아 쓰러졌지요. 다음 날 전두환은 노태우를 차기 대통령 후보로 지명했고, 전국 33개

도시로 시위가 확산되었습니다. 군읍 단위에서도 시민들이 거리로 나오기 시작했지요. 이 역사적인 시위 현장을 보고 싶어 후배와 함께 도청에서 대전역 쪽으로 걷고 있었습니다. 침묵하던 시민들이 마침내 움직이는 모습에 힘이 솟아오르며 가슴이 벅찼습니다.

그날 도청에서 대전역까지 꽉 찬 10만의 시민이 민주화를 외치던 장면은 짓밟혀도 짓밟혀도 우리는 자유와 권리를 원한다, 진실하게 원한다, 그리 말하고 있는 것만 같았습니다. 어디서 그렇게나 나타났는지 모를 사람들이 한데 모여 한목소리로 "대통령 직선제"를 외치고 있었습니다. 한편 광주항쟁이 떠오르지 않을 수 없었어요. 이 불길을 잡을 지도부가 굳건한지 걱정도 되었습니다. 지난밤에는 해산하지 않은 채 거리에 불을 피우고 난동을 부린 이들도 있었다는데……. 한 치 앞을 알 수 없는 세상이기에 혹여라도 광주의 일이 재현될 구실을 주어서는 안 되지요.

그래서 지도부 형들을 찾아봐야겠다는 생각을 하며 인파를 헤쳐 보도 위로 걷고 있는데 곁에 있던 후배가 갑자기 앞으로 밀려 쓰러졌어요. 도로 앞 시위대 쪽으로 밀려 넘어지면 다 같이 압사를 당할 수 있었어요.

그를 잡아 일으켰습니다. 구경꾼들이 몰려 사고가 날지도 모르겠다는 생각에 뒤로 빠지려 했습니다. 순간, 갑자기 제 몸이 번쩍 들렸습니다. 제 몸은 허공에 머물다 전경 버스로 내동댕이쳐졌습니다. 이어서 호령과 함께 구타가 날아왔습니다.

"의자에 앉아. 머리 숙여. 눈깔 깔아."

방망이들은 살기로 가득 차 있었습니다. 무언가 항의를 하려 하던 학생의 머리에 곤봉이 사정없이 내려꽂혔지요. 어처구니가 없었지만 여기서 잘못하면 불구가 될 판이었습니다. 전경 버스는 충무체육관에 도착해 500여 명의 시민과 학생을 쏟아놓고 다시 떠났습니다.

저야 뭐 구경만 했기에 '내일은 나가겠지' 하며 기다렸습니다. 아빠 얼굴이 떠올랐습니다.

'반드시 나가야 한다. 아빠 볼 면목도 없고. 이런 식으로 또 들어갈 일은 아니지. 야학 일도 바쁜데……'

그날 밤이 지나고 다음 날, 모두 훈방조치로 우르르 나가는데 덩그러니 저만 남겨졌어요. 곧바로 서부경찰서 유치장으로 이송되었습니다.

"너 또 왔냐? 단골이네."

형사는 지겹다는 듯이 쳐다보았습니다. 멀리 낯익

은 정보과 형사들이 운동화 끈을 조여 매며 바삐 오가고 있었습니다. 자술서를 쓰라기에 담당 형사 앞에 차분히 앉았습니다.

"너는 어디에서 무엇을 했나?"

"저는 오복당 빵집 앞에서 시위대를 구경하고 있었습니다."

"무슨 말이야? 사실대로 이야기해야지."

"저는 간염에 걸려서 시위대에 참여하지 않고 구경만 하고 있었습니다."

형사는 그럴 리가 없다며 채근을 하더니 "에이 씨, 내일 다시 쓰자" 하고 나가버리더군요. 걱정이 되었습니다. 함께 야학을 준비하는 후배들 얼굴이 떠오르고 답답해지기 시작했어요.

다음 날 자술서를 다시 쓸 때는 제 의자 양 옆에 낯선 전경이 앉아 있었습니다. 형사가 그들에게 물었습니다.

"정소영을 어디서 잡았나?"

"네, 시위대 중앙에서 머리띠를 두르고 손에는 각목을 들고 구호를 외치고 있어 잡았습니다."

"사실이지?"

"네."

그리고 다른 쪽 전경에게 묻습니다.

"너도 그 옆에 있었나?"

"네, 이 여자를 함께 잡았습니다."

"다음, 정소영. 위 사실을 인정하나?"

"아닙니다. 저는 인도에 서서 구경만 하고 있었습니다."

바로 "야!"하는 고함이 날아왔습니다.

"너 때문에 서울서 파견 온 전경을 다시 데려왔는데, 그래도 부인을 해?"

형사들이 투덜거리는 것을 보며 이미 무언가 그르쳐졌음을 알았지요.

'구속이구나. 이런 젠장.'

그러나 할 말은 해야 했습니다. 저도 퍽 기분이 나빴기 때문에 옆에 있는 전경을 똑바로 쳐다보며 말했어요.

"이봐요, 처지는 이해합니다만, 왜 거짓 진술을 합니까?"

"……"

그리고는 다음 날 아주 빠르게 교도소로 이감되었

어요.

"또 왔구나."

"네."

대전여고 선배들이 여전히 그곳에 있더군요.

"정치범은 몇 번씩 들어오긴 하는데 여자가 다시 온 건 처음이다."

"그렇게 됐습니다."

"불편한 거 있음 말해."

사실 모든 것이 불편했지요.

그저께는 변호사 출신의 국회의원이 면회를 왔더군요. 저는 정치가 이름을 못 외워 이름은 알지 못하지만 "자네 같은 사람이 있어 다행이야. 곧 나가도록 최선을 다할 걸세" 하더군요. 그가 가고 나서는 웬 의무과 사람이 왔습니다.

"자, 4118번 링거다."

"뭐라고요?"

"상부 명령이야. 간염 앓았다며."

내 팔에 링거를 꽂고 나가더군요. 이런. 링거는 급속히 퍼져 요의를 일으키고 변기는 저 멀리 있습니다. 바늘을 뽑지 않고는 소변을 볼 수 없고요. 다음 날 또 링거를 가져온 의무과 직원에게 이야기 했습니다.

"옆방에 매일 병원 데려다 달라고 앓는 할머니께 드리세요. 저는 그만 맞겠습니다."

하지만 제 말은 받아들여지지 않았습니다. 그나마 좋은 일이라면 그 바늘을 하나 몰래 숨겨 이 글을 쓰며 아빠 생각을 하고 있습니다. 밖의 소식을 알 수는 없지만 대대적인 시위가 연일 계속되는지, 언뜻 직선제 개헌과 김대중 씨 사면 복권 등이 거론된다 하니 저도 곧 나가게 되리라 생각합니다. 너무 늙어버린 아빠 모습에……

아빠 죄송합니다. 죄송합니다.

그곳은 활기차고
행복했습니다

1987년 12월 10일

현진 형에게

보내주신 답장 잘 받았어요. 오랜 시간 말씀이 없으시더니, 가톨릭신학대학에 입학해 신부 수업을 받고 계시다는 이야기에 정말 놀랐습니다. 그리고 앞으로는 자주 연락할 수 없을 것 같단 말씀도요. 형을 한 번도 잘 안다 생각한 적은 없었지만 더욱 모르겠네요. 그래도 제게 형은 제가 가지 않은 길을 가는 뭐랄까, 하나의 험한 산을 서로 반대편에서 마주 오르고 있는 친구같이 여겨집니다.

저는 이번엔 하루라도 빨리 자유의 몸이 되고 싶었습니다. 6.10 민주항쟁의 힘으로 6.29 선언이 이루어진 덕분에 저는 특별사면으로 교도소를 나왔습니다. '자유다! 야호!' 하고 외치고 싶었으나 막상 교도소 문 앞 정경을 보니 야호! 할 때가 아니었습니다. 허허벌판 위 교도소 앞은 논과 밭뿐이고, 뜨거운 햇살 아래 경비 한 명이 서 있을 뿐이더군요. 일반 죄수들과 달리 집에 연락조차 해주지 않고 예고도 없이 오후 중에 철썩 내보내주었던 것입니다.

어딘지도 모를 곳을 걷고 또 걷다 작은 마을에 있는 공중전화를 드디어 찾았습니다. 전화를 걸고 또 걸어도 연결이 되지 않아 '무슨 일이람, 고장이구나. 어디 가서 전화를 해야 하지?' 그렇게 몇 개 있는 동전을 만지작거리며 햇살 아래 서 있었어요. 문득 생각이 들었습니다.

'이런, 자유가 어디 있는가.'

여기서 연락이 닿아 제가 있던 곳으로 돌아가도 다시 보이지 않는 감시의 울타리 안입니다. 그러니 세상 자체가 교도소가 아닙니까? 작은 교도소에서 큰 교도소로 나온 꼴이었습니다. 낭패를 중얼거리며 7월의 뜨거운 태양을 쳐다보았습니다. 교도소에서 나온 기쁨은 어디 가고 갑자기 태양빛 때문에 권총으로 자살한 소설 속 주인공이 생각났습니다.

'나도 미쳐가는 건가?'

어렵게 아빠와 통화가 되었습니다. 놀라서 정신없이 나오신 아빠가 주는 두부를 꾸역꾸역 먹고 집으로 오는 길, 김일성대학을 나왔다는 아빠 후배가 운전하는 차가 몹시 불편했습니다. 이 사람은 사회주의가 싫어 다 버리고 내려온 사람인데 제가 퍽 못마땅할지도 모를 일입니다. 한국이란 이 땅은 상처가 많기도 합니다.

형에게 가장 하고 싶었던 이야기는 바로 야학을 무사히 마쳤다는 것입니다. 조심스럽게 야학을 다시 열었었지요. 놀랍게도 노동자들이 50여 명이나 모였어요. 대화동을 이 잡듯이 돌아다니며 사람이 살 것 같지 않은 골목골목, 집집마다 찾아가 설득을 한 결과였습니다.

그들 중에 눈에 띄는 젊은 친구가 있어 유심히 보았습니다. 각자 자기소개를 하는데 이름은 조상준이라 했어요. 운동으로 다져진 떡 벌어진 어깨에 날카로운 눈매를 했다가 문득 한쪽에 세워놓은 기타를 덥석 집으며 혼자 노래를 흥얼거리고는 멋쩍은 듯 웃는 모습이 건강해 보이는 친구였어요. 첫날인데도 사람을 두려워하기보다 좌중을 압도하는 여유와 이끄는 힘이 있었지요. 입학식을 마치면 대개 머릿수가 많이 줄긴 하는데, 역시 입학식 다음 날부터 오지 않더군요.

수업을 마친 뒤 주소가 쓰인 메모를 들고 밤 10시 반부터 찾아 나섰습니다. 강학들이 분담하여 오지 않는 학강들을 찾아가는 것이지요. 대화동 공단을 지나 가로등도 없는 동네를 지나니 멀리 논밭이 끝나는 즈음에 시멘트 슬레이트집 한 채가 보였습니다. 공단 맨 끝에 있는 구만리라는 곳인데 참 멀더군요.

"안녕하세요."

"누구?"

"어제 만난 강학인데, 오늘 안 오셨길래."

"아. 저 야학 안 다니려고요."

"왜요?"

"저와는 잘 안 맞는 것 같고……."

이런저런 대화를 하다 보니 시간은 12시가 넘어 있었지요. 그는 고흥이 고향이고 공고를 졸업해 막 취업

한 참이었습니다.

"내일 출근해야 하니까 어서 자요. 괜찮다면 저는 윗목에 조용히 있다 버스 길이 열리면 가도록 할게요."

"아……, 여기서 그럼 좀 주무세요."

결국 거기서 눈을 좀 붙이고, 다음 날도 출석하지 않은 그 학강을 또 찾아갔습니다. 깜짝 놀라면서 화를 내더군요.

"아니 또 오셨어요? 왜 그러는 거요? 대학생들은 밥 먹고 할 일이 없나. 노동자 일에 웬 참견이여? 가요. 나는 안 가요. 당신들이 우리를 어쩌겠다는 거요? 우리 일은 우리가 알아서 해요."

저는 그 다음 날도 달빛을 친구 삼아 걸어갔습니다. 인적도 없는 그 길은 참 낯설었지만, 그가 지도력이 있고 그릇이 제법 갖추어진 친구란 느낌을 지울 수가 없었지요. 포기할 수 없었습니다. 그날은 잔업을 했는지 늦은 밥을 막 먹고 설거지를 하고 있었습니다. 기숙사가 불편해 혼자 지내고 싶은데 월세를 아끼려고 부엌이 없는 어두운 연탄보일러 집을 구한 모양입니다.

"안녕? 오늘도 왔다. 며칠 봤고 사적인 자리니 반말로 할게. 또 와서 불편해하는 것 알겠는데 할 말만 하고 갈게.”

"관심 없어요."

"상준, 너는 법으로 정해놓은 최저임금이나 수당에 대해 아니?"

"우린 아직 실습생이라 고용이 될지 안 될지는 그 후에 결정되는데? 상관없어요. 법이 있든 말든."

"너는 아직 어리고 가능성이 많은 나이인데 앞으로 살아갈 환경을 알고, 역사나 사회나 상식 같은 걸 배우는 게 손해 볼 일은 아니잖아."

"그런 선동 같은 거 하지 마요."

"만약에 네가 선동한다고 나를 움직일 수 있을까?"

"그럴 것 같진 않네요. 고집 있어 보이네요."

"네가 나랑 다를 게 뭘까? 내 맘대로 너를 끌고 갈 수 있을 거라 생각해?"

"……내가 결정하겠죠."

"맞아. 그러니까 내 말이 거슬리겠지만 한번 들어봐."

이 기회를 놓치면 안 된다 생각하고 이야기했습니다. 실습생이라 해서 20만 원 만 주는 것은 근로기준법

상으로는 잘못이라는 것부터, 스스로가 알지 못한다면 생산이 늘어도 주는 대로만 받고 어용노조에 휘둘리게 된다는 현실을요. 그렇게 많은 노동자가 생산력의 주역이란 자부심 따위는 버리고 살아가게 됩니다. 저는 그의 인생에게 함께 배워보자고 손을 내밀 뿐이지요.

"지금까지 넌 많은 선택을 스스로 해왔을 거야. 잘 생각해봐."

"아니죠. 저도 공부해서 대학도 갈 거고……"

"좋은 생각이야. 그럼 지금 받는 20만 원으로 월세 내면 얼마 남지? 대학 시험 준비하는 동안은 돈 벌기 어려울지도 모르잖아? 몇 년 저축해야 등록금 만들 수 있을까 생각해봤어? 막연한 기대에 속지 말고 목표를 성취하기 위해 정확히 무엇을 해야 하는지 생각할 필요가 있어."

"그만해요. 어떻게 다 안다는 듯이, 젠장."

"내가 잘나서가 아니고 솔직하게 말할까? 노동자들 덕에 난 일 안하고 공부할 시간이 있어서 너보다는 많이 알지. 결국은 네가 노동자고 노동자로 살 사람은 너잖아. 너는 모르는 노동법을 내가 잘 알면 뭐 하겠어? 그 지식을 너에게 돌려주고 싶을 뿐이야. 그리고 노동법은 아주 작은 한 부분일 뿐이야. 나머지는, 네가 원하는 인생을 위해 고민해보자는 거지.”

“그거 안다고 뭐가 해결돼요?”

“네 말도 맞아. 해결되는 것은 없지. 포기하고 이대로 살 수도 있어. 아마 이렇게 한 몇 년 열심히 살다 보면 반장만큼은 되리라, 너희 사원들 중에 그리 생각하지 않는 사람이 있을까? 막연한 희망으로 그렇게 살지 않는 사람이 있겠니?”

“그렇게 살진 않을 거예요. 왜 그래요? 기분 나쁘게.”

“그래, 믿고 싶다. 일하고 밥해 먹고 자고 또 눈 뜨면 일하고 그 생활을 반복해봐. 너에게 무엇이 남을지.”

“……”

“지금 딱히 저녁시간에 할 일 없잖아? 잔업 하지 않으면.”

“그런데요?”

“몇 개월 우리에게 시간 좀 내주면 안 되겠니? 너의 인생에서 몇 개월 동안만.”

잠시 그대로 저를 보더니 끝내 참지 못한 듯 질문을 던지더군요.

"당신들은 우리보다 배운 것도 많고 돈도 많이 벌텐데 왜 이런 짓을 하는 거요? 아무것도 바라지 않는다면 왜 이런 노력을 하겠어요?"

"그래. 널 이용해서 내가 무슨 이득을 얻고 싶은지 생각해봐야겠다."

"바빠요. 피곤하고."

"알았어, 그럼 오고 싶으면 와. 나는 다시 안 올게."

이렇게 말했지만 사실은 올 때까지 찾아가리라 마음먹고 있었습니다. 다음날, 그는 왔더군요. 그리고 반장으로 선출되어 반을 잘 이끌었어요. 저를 볼 때마다 빙글빙글 웃으며 "짱똘" "마귀할멈" 등 온갖 별명을 만들어 불렀습니다. 하루하루가 빠르고 즐겁게 흘러갔습니다.

흐트러지지 않고 무사히 끝내기 위해 우리는 중심에 서서 원칙이 되어야 했습니다. 그것만이 유일한, 우리가 가진 힘이었기 때문입니다. 그리고 수업은 철저하게 학강들 중심의 창조적 수업을 추구했어요. 자발적으로 참여하고 자유롭게 그들 자신을 표현할 기회를 주려고 노력했습니다. 그들의 삶을 우리에게 가르치면 우리는 배우며 다시 가르쳤지요. 이들은 고된 노동에도 자신을 잘 다스리고 건강하며 순수합니다. 오랜만에 인간다워지는 느낌이랄까요. 그들이 배움에 집중하고 웃고 행복해하면 어떤 고통도 참아집니다.

이번 야학에는 지영이라는 학생이 있습니다. 큰 키에 말라서 훅 넘어질 것 같은 스물세 살 아가씨입니다. 짙은 눈썹과 오목한 코가 귀여워 웃으면 입을 종종 가리곤 했어요. 항상 멀리서 저를 쳐다보는 눈빛이 마치 '언니, 많이 외롭고 힘들어요. 여기 와서 참 좋고 언니도 좋아요' 하는 것 같았어요. 그는 늘 제 주변을 빙빙 돌다 자취방으로 터덜터덜 혼자 가곤 하였지요. 제 담당은 아니었지만 저는 그의 자취방으로 놀러 가 단 둘이 만나기도 했습니다.

그는 고등학교 1학년 때 봉고차로 납치를 당해 인천 사창가에 팔렸더랬습니다. 저항할수록 빚더미와 폭력에 시달리니 하는 수 없이 그대로 눌러앉게 되었는데, 체육고를 가려 했던 남동생이 어찌 지내는지 궁금해 집으로 몰래 전화를 했답니다. "가출했으면 돈이나 보내라"는 아빠의 말에 매달 동생 학비 보내는 낙으로 버티었다 합니다. 3년이 지난 어느 날 기다리던 탈출의 기회를 잡아 경찰서로 무작정 뛰어 들어가 "저는 미성

년자예요. 살려주세요" 외치고 엉엉 울었다 하더군요. 결국 집으로 돌아갔지만 곧장 대화동에 방을 얻고 공순이가 되어 집안의 가장 노릇을 하고 있다는 이야기를 들었습니다. 결석하는 날 찾아가보면 그는 위장병과 두통으로 쓰러져 있었습니다. 써니라는 신발공장에서 본드로 종일 신발 깔창을 붙이다 얻은 두통입니다. 세상물정을 잘 아는 그는 우리의 열혈 지지자입니다. 그러나 너무 마르고 가련하여 웃어도 슬퍼 보이는 것은 어쩔 수 없습니다. 만약에 제가 그 같은 경험을 했다면 자기연민이나 자기학대에 심하게 빠졌으련만 그는 씩씩하게 잘 견뎌내고 있습니다.

　한번은 공구를 만드는 회사에 다니던 찬식이가 쓰러졌다 해 찾아가 보니 빈혈이라더군요. 스물여덟의 남자가 말입니다. 소간을 사서 몇 번 먹이니 힘을 차려 출근하네요. 그는 마음이 여려 우리 주변을 빙빙 돌며 씩 웃곤 아무 말도 하지 않습니다. 맏형이라 집의 동생들을 생각하는지, 우리를 대하는 것이 많이 조심스럽습니다. 객지 생활이 힘든지 고향에 돌아가 농사를 짓고 싶어합니다.

　이들은 모두 사연도 많고 아픔도 많고 책임질 것

도 많고 정도 많고 인내심도 많습니다. 저에게 욕심 많이 안 부리며 사는 소박함을 배우라 합니다. 야학은 활기차고 행복했습니다. 내장산으로 소풍도 가고 눈싸움도 하고 함께 춤도 추며 즐겁게 공부했습니다. 상준이는 누구보다 앞장서서 학강들을 모으고 분위기를 주도적으로 끌었습니다. 가끔 주먹을 휘둘러 동네 양아치들과 맞짱을 뜨긴 하지만 젊은 청춘입니다.

하루는 "짱똘, 여기" 하며 편지를 주더군요.

짱똘에게.

여기를 오기 참 잘했단 생각이에요. 이렇게 편하게 웃으며 저 자신을 드러내보긴 처음입니다. 비록 아직 다 알지 못하지만 당신들이 보여준 끈기와 정의에 대한 확신과 우리에 대한 존경 어린 평등한 마음이 저를 바꾸었습니다.

전에는 솔직히 외롭고 비참한 근로자였습니다. 눈치를 보고, 계층 상승을 하기 위해서는 악착같이 남을 짓밟고 올라가야 한다 생각하며 살았지요. 분노감으로 고통스럽고 또한 미래가 보이지 않아 슬펐습니다. 그러나 지금은 아닙니다. 상황이 변한 것은 하나도 없지만, 지금 저는 내 인생의 주인공이며 이 사회경제를 떠받들고 있는 주역이자 한 인간으로 제 자신을 소중하게 느끼고 있습니다. 아마 잘 살아갈 것입니다. 제가 어디서 무엇을 하든 언젠가는 껍질을 벗고 활기차게 날아오를 것입니다.

편지를 읽으며 더 바랄 것 없이 감사했습니다. 졸업이 금세 찾아와 대본을 쓰고 연극 연습을 하며 울고 웃습니다. 그 동안 직, 간접으로 도와주신 지인과 선배들을 모두 초대해 연극 무대를 올립니다. 6개월 전엔 스스로를 '사회 밑바닥'이라 가둬두고 위축되어 있던 그들이 지금은 많이 밝아지고 강해져 있습니다. 대전에서 아마도 처음 벌어지는 노동자의 잔치일지도 모릅니다. 형이 함께했으면 좋았을 텐데. 보내주신 돈으로 졸업식 다과도 준비할 텐데요.

　　저는 오늘도 학생을 가르치는 아르바이트를 하러 가야 합니다. 사실상 노동자보다 더 가난한 강학들은 십시일반 막걸리 값을 내고 빈털터리가 되곤 하지요. 한번은 중학생 영어 수학을 가르치러 갔다가 수학 문제 풀라 해놓고 제가 졸고 있더군요. 입으로 뭐라 말을 하는 도중에도 밀려오는 졸음을 참을 수 없었어요. 추운 날 학생 집까지 걸어가며 언 몸이 녹아 그만 풀어졌나 봅니다. 그 녀석 얼굴을 보기 민망하기도 하고 그만둘 때가 되었구나 싶었지만 학생의 어머니는 매번 수업이 끝날 때를 기다려 밥을 이상하리만치 정성스럽게 차려주셨습니다. 제가 자주 굶는 것을 눈치챈 건가 싶었습니다. 그래서 차마 그만둘 수 없었어요. 그렇게 번 돈으로 월세를 내고 차비를 하며 생활을 꾸려갈 수 있습니다.

또 정말 반가운 일이 있습니다. 내일, 그러니까 12월 11일은 드디어 충남 여민회가 공식적으로 사무실을 여는 날입니다. 몇 년 전부터 여성 친구들이 모여 여성문제에 대해 공부하고 조직화해온 결실로, 부르주아 중심의 기존 여성단체와 차별화된 기구입니다. 의도는 그렇지만 사실 어떻게 흘러갈지는 알 수 없지요. 기층 민중을 위한 정책 그리고 여성문제의 실질적 해결을 위한 구체적 노력을 결심하고 전에 말씀드렸던 친구 지우가 총무가 되기로 하였어요. 고민과 토론 끝에 회장단은 이념적 측면보다는 대외 지명도와 성품이 좋은 분들로 모셨고요. 어린 우리가 급진적 여성운동의 기치를 내건다면 실제 대중에게 도움을 줄 만한 재원 확보가 어렵고 점점 탄압 일변도로 치닫는 현 정권 아래에서는 존망이 위태롭기에 내린 현실적 결정입니다. 우선은 미혼모들의 쉼터와 매 맞는 아내 상담 등의 프로그램부터 시작하게 될 것입니다. 당장 실무자 월급은커녕 사무실 운영비부터 모아야 하는 게 현실이지만 잘해나가리라 생각하고 저는 일단 손을 떼었지요. 지우는 여성학에 뜻이 깊고 두루 사람을 잘 사귀니 적임자입니다.

제 이야기만 했네요. 형이 신부님이 된다니……. 신부가 된 형을 상상하기 어렵네요. 가톨릭은 역사학도인 저에게는 중세 암흑시대를 떠오르게 하고, 신의 대리인? 글쎄요. 그런 것은 전 잘 모르겠습니다. 여하튼 역사 속에서 가톨릭이 행한 역할을 떠나서라도 제 취향은 아닙니다. 형의 선택을 믿지만 반대의 극으로 가는 느낌을 지울 수 없군요. 양극을 다 체험해야 인생의 그릇이 커질는지요.

학교 기숙사로 이 편지를 보냅니다. 답장은 안 보내셔도 됩니다. 거기가 어떤 곳인지 전 잘 모르니 기대 않겠습니다. 이로써 형도 떠날 준비를 하시는 것인가요? 오늘은 왠지 바람을 맞으며 좀 걷고 싶군요. 다음에 만날 날이 있을는지요, 신부님?

노동 상담소를 열며

아빠에게

정권 말기, 이곳저곳에서 분연히 일어나는 노동자들의 함성이 들리는 듯합니다. 대전에도 언젠가는 작은 변화라도 있기를 기대해보지만 아직은 어려운 모양입니다. 저는 야학이 기틀을 잡았기에 후배들에게 맡기고 노동상담소를 준비하고 있습니다. 너무 놀라지 마세요. 어쩔 수가 없습니다. 아빠를 생각하면 다시는 투옥되지 말아야 한다 굳게 마음먹고 조심하고 있습니다만……

야학은 즉각적으로 문제를 해결할 수는 없기에 상담소가 필요합니다. 열 만한 장소를 물색하고 있었는데 마침 대화동 대로변에 사무실 자리가 아주 싸게 나와 용기를 한 번 더 내보기로 했어요.

삶이 뜻대로 될 때 흘러가야 한다는 것이 요즘 저의 생각입니다. 사실 노태우에게 정권이 넘어가려는 이때에 노동 상담소를 연다는 것은 무척 위험할 수도 있습니다. 대놓고 간판을 건다는 모험에는 더더욱 용기가 필요하겠지요. 하지만 제가 할 수 있는 마지막 일인 듯 싶어요. 언젠가 사무실이 안정되면 저도 집으로 돌아갈 수 있겠죠? 요즘 와서는 연로한 아빠와 아픈 엄마 곁에 있고 싶기도 합니다.

제가 혼자 여기까지 온 것은 온통 어둠인 밤길에서 제 영혼이 가자 하는 대로 따른 것뿐입니다. 그리고 그 길에서 혼자가 아니었더군요. 후배와 선배와 친구들이 있었습니다. 무엇보다 더 깊은 진실은 편견 없이 마음을 열고 인내와 믿음을 보여주신 당신들 삶의 모습에서 그대로 배운 것입니다. 아빠의 무언의 지지 덕분입니다.

대전견직이라고 야학 옆에 공장이 있는데 적법한 수당을 주지 않고 있어서 야학 학생들을 통해 20여 명을 모아 근로감독관에게 밀린 임금 지급을 요청했습니다. 모두 그 동안 속아온 것을 알게 되자 다행히 용기를 내어 저에게 도움을 청한 것입니다. 그리고 법으로 정한 권리에 따른 수당을 모두 챙겨 받았습니다.

그들은 아무 말도 없었지요. 감사하다거나 뭐 그런 인사도 못 합니다. 부당해고를 당하기라도 할까 봐 조심스레 눈치를 보다 저와 거리를 두며 바삐 사라집니다. 이런 상황이니, 노동 상담소를 열면 공개적으로 그들을 도울 수 있으리란 생각입니다. 상담소 직원은 저 혼자인데 가끔 후배가 도와줄 것입니다. 그는 따뜻한 대추차를 끓여 저에게 한 잔 주곤 합니다.

"언니, 추운데 이거 마셔."

마음이 전해져서 더 따뜻하더군요. 월급도 없는 위험한 일을 후배들에게 같이 하자 하기 어려웠는데, 그는 망설이지 않고 함께하겠다 했습니다.

물론 난관은 많고 많습니다. 아마도 틀림없이 40대 이상 남성 노동자들은 '계집애가 뭘 알겠어' 하는 시선으로 바라보겠죠. 그렇다 해도 그 벽을 넘어서야 합니다. 저도 그들을 잘 도울 수 있을지 걱정은 됩니다. 50대 아저씨 여러 명이 몰려오면 등에서 식은땀이 날 것입니다. 쉬운 일이 아니리라 짐작은 하고 있습니다.

　　사실 제 동료들 중 알 만한 몇 명은 요즘 대화동 공단에 노동자로 위장 취업을 하고 있지요. 야학 선생이었던 여자 후배들도 있고, 아빠도 아는 민호도 공단에서 일하고 있습니다. 무풍지대인 대전에 단 한 개의 민주노조라도 만들어야 한다는 절박함이 있습니다. 아빠는 이해하시기 어려울 것입니다. 대학을 나와 공장에 취업하는 것을요. 작년 야학 선생 중에 한 친구도 졸업 후 대덕타월에 취직했지만 대학 출신인 것이 발각되어 해고 통지를 받았습니다. 역시 위장취업 중이던 서울대생은 다행히 무사했더군요. 처음으로 출근길에 회사 정문 앞에 서서 "부당해고 철회" "밀린 임금 지급" 등의 피켓을 들고 해고 투쟁을 지원했습니다. 그러나 사업주가 그게 무서워 복직을 시켜줄까요? 아니에요, 아빠. 사업주가 말을 들으리란 것보다는 출근하는 다른 노동자들에게 소리치는 것이지요. 그리고 공단 노동자 전체에게 소리치는 것이기도 합니다. 침묵의 대화동 공단에 목청껏 소리 지르는 노동자는 전무후무했으니까요. 그러다 그 친구가 쓰러지고 말았어요. 자취하는 집에 가보니 소주병이 나뒹굴고, 있는 건 라면 봉지뿐 정말 먹을 것이 없더군요. 그 친구의 어머니는 논산에서 혼자 농사를 지어 6남매 중 그 아들 하나 대학에 보냈는데 이런 짓을 하리라고는 꿈에도 생각지 못하고 계시겠죠. 이것이 현실입니다.

아빠, 요즘 주무시기 전에 왜 방문 밖으로 다 들리게 북한 방송을 크게 틀어놓으시는지요? 처음에는 무척 당황했습니다. '왜?' 하고 묻고 싶었지만 기회가 마땅히 없었어요. 어느 날 아빠는 지나가듯 저에게 한마디 하셨지요.

"김대중이 빨갱이가 아닌가 보더구나. 민주 인사지. 양쪽을 다 알아야 해. 평등을 강조하면 빨갱이가 되는 세상은 지나갔어. 북한 소식도 들어야 해."

아빠 세대의 아픔을 가늠할 수가 없네요. 저는 아빠에게 동생이 있다는 사실도 최근에야 엄마를 통해 들었어요. 통일이 되길 기다리는 아빠의 슬픔을 제가 어찌 알 수 있겠어요. 요즘 몸이 영 약해지시고 부쩍 주름이 늘었어요. 저 때문에 힘드신 것은 아닌지 걱정스럽습니다. 노동 상담소의 현판을 걸 때, 꼭 아빠의 얼굴을 기억하고 감사드리고 싶습니다.

아빠의
일기장

1988년 7월 4일

아빠에게

아버지 친구분이라는 의사를 만난 뒤 저는 모든 일을 접고 당신 곁에 있겠다 했습니다. 야학과 노동 상담소도 후배들에게 맡기고 말이지요.

　"아무래도 폐암이다. 어쩌면 좋냐. 할 수 있는 게 없다. 본인에게 말할 수가 없는데…… 너도 말하지 마라."

　제가 어찌했어야 할까요. 전보다 몸이 조금 나아진 엄마에게는 말할 수 없었습니다. 그는 기절할지도 모를 일입니다. 이제야 겨우 다른 부부처럼 오순도순 서로를 토닥이며 살기 시작하셨는 걸요.

몸에 좋다는 약을 백방으로 찾아 다녔습니다. 영지를 삶고, 가물치를 끓여 보신을 해드렸지만 아빠는 점점 기운을 잃어가고 있었지요. 고통이 심하다는데 현대의학으로 더 해드릴 것이 없다니⋯⋯. 동생에게만 말했습니다. 몇 개월이 지나며 차차 방문을 열고 나오시지 않더니, 조용히 돌아가셨습니다.

'소영이 아직 안 들어왔어? 나는 어제 꿈에 아주 멋진 곳을 갔었어. 너무 아름다운 곳이었어. 거기가 미국일까? 나도 공무원 하지 말고 선생님을 해볼걸.'

그게 당신의 마지막 말씀이었다고 엄마가 전해주더군요. 저는 임종도 못 보았습니다. 모든 일을 접고 몇 달을 집에 있었건만, 봄꽃이 만개한 5월 엄마의 심부름으로 집 앞 슈퍼에 간 그 틈으로 당신은 잠자듯 돌아가셨으니까요. 떠나신 당신의 머리맡에는 수십 권의 일기장과 낡은 소니 카메라가 있었습니다.

소영이 아직 안 들어옴. 오늘은 보안대 최 계장이⋯⋯

소영이 왠지 힘들어 보임. 오늘은 아침 먹고 나감 (…) 밥은 제때 먹는지. 오늘은 내 인생에서 두 가지가 마음에 걸린다. 어릴 때 소영이 일기장에서 양모가 밉다고 쓴 글을 보고 화를 냈다. 그때 미안했다. 나도 노력했는데 싶었지만. 한번은 대학 들어가서 매일 남학생들에게 걸려오는 전화와 밤늦게 들어오는 것에 화가 났었다. 그날 "너 화냥년이냐? 무슨 전화가 이렇게 많이 오고 지금 몇 신데!" 그리고 소영이가 부들부들 떨며 우는 모습을 처음 보았다. "아빠 딸에게 무슨 그런 소릴 할 수 있어요?" 하는 말을 듣고 할아버지가 다 된 내가 딸을 이해하지 못했구나 자책했다. 그 후론……

저에 대한 일기로 가득가득했습니다. 아무 말씀 안 하셨지만 하나하나 기록을 해놓으셨더군요. 마지막 일기는 힘이 없어 지렁이가 기어가듯 알아볼 수조차 없었습니다. 저에 대해 말없이 일기로 쓰고 계실 줄은 정말 꿈에도 몰랐습니다. 눈물이 앞을 가렸습니다.

당신이 떠나고 벌써 두 달이 되어갑니다. 요즘은

왜 우는지도 알지 못하며 웁니다. 아빠에 대한 죄책감인지 제게 수호천사 같았던 아빠가 없다는 허전함인지 저의 나약함인지 죄의식인지……. 부끄러움도 모르고 오늘도 버스정류장에 서 있다 울고, 하늘을 보다, 거리를 걷다, 흐르는 눈물을 손등으로 훔칩니다.

아픈 엄마와 동생과 함께 다시 일어서야 하는데, 오빠는 마치 이 집안사람이 아닌 듯 관심이 없고 결혼 후에는 연락조차 잘 하지 않고 있습니다. 저는 오빠의 출생의 비밀을 알기에 엄마의 마음을 존중해드려야 했습니다. 그러다 보니 제가 가장이 되어버렸습니다.

아빠! 용돈 한 번 드리지 못하고 사랑한다 한 번 안 아드리지 못하고, 이런 불효자식이 없군요. 어디로 가야 할지, 문득문득 또 하늘을 쳐다보게 되는군요. 어디에 계신 건가요? 아빠. 언제 불러도 든든한 아빠입니다. 저를 자랑스럽게 만들어주신 아빠가 자랑스럽습니다. 편히 계세요. 저도 어서 추스르고 바람처럼 살다 당신을 만나러 갈게요. 멀리 가셨어도 꼭 기다려주세요. 쑥스럽지만 정말 감사하고 사랑한다 말을 해봅니다.

공단의 횃불
그리고 결혼

1989년 10월 30일

에미에게

아빠가 돌아가시고 부쩍 마음이 약해질 줄 알았는데, 에미는 오히려 힘을 내서 참 다행이야. 내가 무엇을 하는지, 왜 안 들어오는지 묻지 않아 참 다행이었어. 내 친구들을 줄줄 꿰며 안부를 물어주어 참 다행이었어. 새벽까지 기다리다 똑똑 창문을 두드리거나 복도에 발소리를 서성이면 아픈 허리를 부여잡고라도 나와 문을 열어주는 당신에게 아무 변명 안 해도 괜찮아서 참 다행

이었어. 오래지 않아 왜 늦게 들어왔는지도 무엇을 했
는지도 더 이상 묻지 않아도 될 거야.

　기억하고 있어? 내가 두서없이 엄마에게 신나게
떠들었던 것. 드디어 대화공단에서도 밤이 밝게 타오르
고 북소리와 함성을 들을 수 있었거든. 가슴 벅찬 환희
로 노동자들과 공단 거리를 걸었지. 써니의 지영이는
같은 공장에 노동자로 취업해 있던 민호와 짝이 되어
민주노조를 만들고, 야학 반장이었던 상준이는 삼왕에
서 야학 학생들과 힘을 합쳐 민주노조를 만들었어. 노
동 상담소에는 자신들도 노조를 만들겠다고 찾아오는
노동자들이 늘었지. 꿈이 아닌가 싶기조차 할 만큼 놀
라운 변화였어. 억눌리고 당하기만 하던 그들이 드디어
떨치고 일어난 것을 생생하게 느꼈어. 공단 거리마다
임금 인상을 위한 파업이 시작되어 동양강철, 애경화
학, 대덕타월, 대전견직, 동신전선 등에서 북소리와 노
랫소리가 끊이질 않아. 침묵을 깨고 한번 용기 내어 소
리를 질러본 자는 어디에서든 다시 소리 낼 수 있을 거
야. 이날의 감격은 죽은 자가 살아난 기적을 본 것과 같
았어. 그들은 이제부터 시작인 것이고 난 무언가를 끝
마친 것 같아.

이렇게 그럭저럭 10여 년을 보냈네. 이제 내가 여길 떠날 때가 된 것을 알았어. 노태우 정권에 맞서 또다시 분신하는 노동자와 학생들 소식에 머리가 쭈뼛 서고 가슴이 저며지는 것 같지만 난 이제 떠나야만 해.

당신은 내가 평범하게 가정을 꾸리길 바랐지.

"스물아홉이나 됐잖아. 다들 결혼했잖아. 결혼 좀 해."

"......"

'아빠도 돌아가시고 나는 맨날 아파 언제 죽을지 모르니 소원 좀 들어달라'는 에미의 말은 귀에 못이 박힐 지경이 되어갔어. 연숙과 지우도 결혼해 대학원에 진학했고 동유럽 국가들도 소련으로부터 독립하고 있으니 나도 이제 독립을 해야 하겠다 생각을 했어. 엄마의 잔소리가 힘들어지기도 했고.

어느 날 우연히 공단 뒷골목에서 민호를 만났었다. 학교도 아닌 공단에서 우연한 해후라니 신기할 따름이지. 그런데 노동 상담소와 현장 노동자라는 각자 처지의 변화 때문인가, 뭔가 쉽게 말이 떨어지지 않더라고. 당시 민호는 노동자로 취업해 노조를 만들 때라 사실 몹시 긴박한 상황인 것을 난 알고 있었어.

"노조 결성이 되고 있단 소식은 들었어. 거기 야학 출신 지영이라고…… 그 친구 만나보면 도움이 될 거야."

"아, 그 친구구나! 열심히 도와주고 있어. 여자들 중에 리더야. 피곤해도 잘 지내고 있지……"

반갑게 몇 마디 근황을 나누다 생각해보니 우리가 긴 말을 할 상황이 아니었어. 같이 있는 걸 보여서 좋을 게 없거든. 언제 다시 볼 수 있을지도 모르고 연락도 쉽지 않은 걸 둘 다 알고 있었지. 나는 지체하지 않고 말했어.

"중요한 이야기지만 다시 만날 약속 잡기도 어려우니까, 쉽게 말할게. 너만 괜찮다면 우리 결혼할까?"

"……"

한참의 침묵이 지나갔어.

"미안해. 사귀는 사람이 있어. 나를 위해 많은 노력을 하는 사람이야."

"아, 그래."

나는 평이하게 대답했어. 거절할 거란 짐작도 했으니까. 그런데 9년이나 지나 대답을 한 건 내 쪽인데도 어째선지 그 순간에는 뭐라 말할 수 없는 심정이 되더

라. 작년에 우연히 민호를 만났을 때 그와의 문은 쿵 닫혀버린 것을 이미 느꼈었는데, 아마 난 마음 한구석에서 드라마 같은 반전을 기대했던 모양이야. 그래도 한편으로는 내가 그를 잊지 않고, 시간을 달라 했던 약속을 지킨 것 같아서 말하길 잘했다 싶기도 했어. 9년은 길긴 길었네. 그것도 몇 달 전의 일이야.

그리고 최근에 아주 쉽게 다가오는 사람이 있었어. 에미도 봤을 거야. 내 생일에 누가 다녀갔다고, 두고 간 선물을 내게 전해주며 누구냐고 물었지. 대덕타월에 들어갔다 해고되어 함께 복직 투쟁을 했던 친구였어. 그런 사이 아니라는데도 당신은 웬일로 끈질기게 칭찬을 했지. 얼굴 준수하고 말소리도 단정하고 착해 보였다고 말야.

"네 나이가 곧 서른이야. 노처녀라구."

"……"

당신에게 승낙을 받고 며칠 후에 야학 졸업생들과 후배들을 모아놓고 그와 결혼 발표를 했지. 축하를 받고 싶었어. 이제 일선에서 물러나겠다고 말하고, 그동안 수고했다는 말도 조금은 기대했거든. 그런데 뜻밖에 모두 엉엉 울기 시작하더라.

"당신은 엄마인데, 어떻게 엄마가 떠날 수 있나요?"

나는 멀리 가지 않겠다고, 가까이에 늘 있겠다 약속하고 대화동에 신혼집을 구하기로 했어. 결혼이라는 게 솔직히 낯설기는 해. 대학 앞마당에 가을바람이 부는 날, 전통혼례를 준비하고 있어. 한복을 곱게 차려입고 당신에게 인사를 할 거야.

며칠 전에 지영이가 놀라서 전화를 했더라.

"강학님 정말 결혼할 거예요?"

"하하, 응. 왜? 못 믿겠으면 와서 봐. 지금 신혼집 얻은 곳에 와 있어."

당장 확인해야겠다며 정말로 지영이는 옥천에서부터 택시를 타고 왔어. 돌아가는 때까지도 "보고도 믿을 수 없어요" 하더군. 결혼이라……. 꼭 남들 한다고 하는 것은 아니고, 이것도 정해진 나의 길 같으니 해보려고 해. 에미도 오래 기다렸지? 딸로 돌아와 지금부터는 엄마 옆에 있을게.

이혼식과
프러포즈

2000년 1월 1일

현진 형에게

세상에! 2000년이 되었습니다. 저는 지금 인도에 있습니다.

　제 나이도 서른아홉으로, 마흔을 바라봅니다. 그동안 결혼하고 두 아이 낳고 기르다 보니 신부님이 되신 형에게 연락을 불쑥 드리기도 어려웠습니다. 10년이란 세월이 바람처럼 흘렀습니다. 다들 하는 결혼이려니, 짝이려니 하고 우직하게 살아보려 했건만 남편은 결혼에 어울리는 사람이 아니었더군요. 남편을 따라 다섯 번의 이사를 하다 보니 후배, 선배들과도 모든 인연이 끊어지고 시골로 들어오게 되었어요.

이 시골집으로 형이 소리도 없이 문득 찾아오셨을 때는 달이 태양을 만난 것 같았습니다. 이런 일이 가능하다니요. 어떻게 아셨느냐 물으니 하하하 웃으셨지요.

"노조위원장 하던 상준에게 물었더니 네가 그랬다면서? 강물을 따라 달리다 굴다리 지나서 고개를 넘고, 저수지 끼고 들어오면 감나무가 있는 집이라고."

상준과 마지막으로 통화하며 감 따러 놀러 오라 한 마디 한 것도 일 년이 넘었는데, 말도 안 되는 일입니다.

"사실은 동사무소에 있는 절친에게 압력 좀 넣었지. 평촌을 돌다 돌다 아무래도 못 찾겠더라고."

형과의 재회라니, 수천 생을 돌고 돌아 만난 듯 너무 신기하고 반가웠어요. 제가 알고 있던 형의 마지막 소식은 가톨릭대학을 졸업하고 부여에서 신부를 하신다는 이야기였는데, 뜻밖에 소백산에 살고 계신다 했죠. 형이 신상 이야기를 그다지 즐기지 않으시는 걸 알지만 사연을 물어볼 수밖에 없었어요.

"음…… 뭐, 모범생으로 살다 보니 내 멋대로 살아

보고 싶어서야. 미사 드리기 싫어서 도망치다 수녀원이 편할 것 같아 옮겼는데 소백산이 너무 아름다워서 사표 내고 나왔어."

그 후로도 형은 소백산에서 기차를 갈아타면서까지 종종 찾아와서 누추한 마당에 빨랫줄을 매어주시고 전화도 놓아주셨습니다. 곶감을 깎아 매다시는데 흰머리가 희끗 가을바람에 날리더군요. 오실 때마다 늘 흰옷을 반짝이게 입고 계신 형은 못 본 사이 성직자다운 풍모가 더해져 인간으로서 아름답게 보였습니다. 가까이 다가가면 제 모든 것을 태워버릴 것 같은 태양 빛이었습니다. 그렇게 당신이 최선일 때에 저는 최악의 어둠 속에 있었지요. 영혼까지 지쳐 어두운 터널 속을 헤매던 그때의 저는 형에게 자연스럽게 다가가기 어려웠습니다.

아빠의 재산은 결혼 생활 7년 동안 전남편이 사업한다고 모두 날리고, 지금은 전기도 끊긴 부끄러운 저의 집에 올 때마다 형은 말없이 이불 옆에 봉투를 놓고 가셨습니다. 그때 바로 말씀은 못 드렸지만, 어렵게 이혼을 한 지 1년여가 되었어도 그 충격으로 제대로 걸을 힘이 없어 방 안에서 누워서만 지내고 있던 때였습니다. 한동안은 아이들에게 미안하고 저 자신을 용서할 수 없어 매일 울고 있었습니다. 사람에 대한 무너진 신뢰가 이렇게 무섭게, 저 자신을 죽일 만큼 고통스러울 수도 있다는 것을 처음 알았지요. 두 아이와 곁에 계신 엄마는 제 입장을 이해하기 어려웠고 스스로 힘을 내야만 했음에도…… 어디선가 길을 잃고 심각하게 잘못 살아온 것 같은 자괴감 속에 자주 빠졌습니다. 딛고 일어서야 하는데, 보석 같은 두 아이가 있는데…… 매일 다짐을 했건만 노력해도 안 되는 것이 있더군요. 형이 찾아와 껄껄 웃으시면 조금씩이나마 힘을 내려 노력하게 되었습니다.

"소영아. 지인들 모두 초대해 이혼식을 하자."

그 말씀에 힘든 마음을 꾹꾹 참고 엄마, 동생, 전남편과 지인들을 초대해 이혼식 파티를 열었습니다. 채식 뷔페식당을 빌려 선물도 받고, 기념사진도 찍으며 화기애애하게 잘 끝냈습니다. 이혼식을 끝내고 집으로 돌아오는 길, 강가에 서 있었습니다. 가슴에 슬픔이 가득 차올라 강물에 모든 것을 버리고 사라지고 싶었지요. 그때 형은 제 손을 잡아주셨어요.

"소영아. 슬픔이 도를 넘으면 생명도 파괴된다."

매포강에서 제 젖은 교복을 짜주시던 그 손길이, 아스라이 시공을 넘어 저를 20년 전으로 돌아가게 하더군요. 형은 슬퍼하는 제 손을 꼭 쥐며 "함께하자" 하셨죠.

사실 이혼식 후에 전남편은 계속 찾아와 다시 받아달라 했습니다. 그동안 잘못했으니 뒷바라지를 다 하겠다고요.

"아니야. 난 최선을 다했고 이젠 미련이 없어."

금이 간 신뢰를 다시 이어나가기에는 너무 멀리 왔고 저는 부서져버렸으니까요. 저는 과거를 정리하고 나로 살겠다고 말했습니다. 물론 그도 쉽게 물러서지는 않았지요. 용서해달라 하기에 제가 물었습니다.

"……나의 엄마와 동생 방에 휘발유를 뿌리고 불을 지르려 했지? 다른 것도 이야기해볼까?"

이런 일이 몇 번 더 있었지요.

결혼 전에는 몰랐는데 전남편은 끔찍한 가정환경의 영향을 받은 사람이었습니다. 바탕은 선하고 생각도 깊은 사람이었으나 본인도 제어가 안 되는 것이었습니다. 예민한 사람이 상처도 많아 술을 마시면 마치 빙의라도 된 것처럼 돌변하곤 했지요. 세 명의 가족이 자살을 한 것을 목격하고도 살아야 했던 그 마음을 어찌 헤아리겠어요. 점점 더 자제력을 잃어가는 그가 아이들에게도 손찌검을 할까 심히 걱정이 되었어요. 이런 분위기에서 아이들이 계속 자란다면…… 생각만으로도 끔찍했습니다. 저도 그 당시엔 정신없이 사업하랴, 두 아이 키우랴 바빠 그의 아픔을 잘 다룰 만큼 저 자신과 인간의 마음에 대해 자유롭지 못했거든요. 더욱이 처음 겪는 결혼과 육아와 사업을 책임져야 하는 상황에 틈없이 결박되어 정말 지쳐 있었습니다.

이혼은 그나마 작은 휴식을 선물하더군요.

얼마 전에 야학 선생님들과 학생들이 10년 만에 제 집에 모였어요. 약사인 친구들은 약국을 하고 공무원이 된 친구는 승진을 하고, 숲 해설사도 있고 사업가도 있고 선생도 있으니 우리는 이렇게 다양한 직업과 가족들이 되어 있었습니다.

"언니, 우리 자축하자."

비밀스럽게 준비해온 케이크에 '짜잔' 하고 불이 붙었습니다.

"자! 민주주의와 자유, 평등, 박애를 위해."

누군가 외쳤습니다. 역사는 진보하고 있고 젊은 날

우리의 열정은 값진 것이었기에 자축을 했습니다. 아무런 대가 없이 정의를 위해 고통을 감내한 우리 자신에게 주는 선물이었습니다. 자본주의는 인간의 욕망을 통해 유지되고, 한편 평등하고 싶어하는 욕망은 민주주의를 더욱 강고하게 만들어갈 것입니다. 가끔 이렇게 자본주의를 넘어선 사람들이 있기에 감사를 배우게 됩니다. 후배들에게 정말 감사한 마음입니다.

2000년 새해 첫날입니다, '해피 뉴 이어' 소리에 창밖을 내다봅니다. 제가 머물고 있는 인도 카주라호의 게스트하우스 앞에서는 터지는 폭죽 소리 너머 낮은 구릉 사이로 새해가 떠오르고 있습니다. 새로운 세기를 맞이하였으니 흐트러진 머리를 빗고 나답게 살아야겠다고 다짐을 또 해봅니다. 그러나 아직도 저는 후유증을 달래며 인도를 여행하고 있습니다. 사랑스러운 두 아이가 보고 싶네요.

떠나온 지 한 달이 다 되어갑니다. 인도라는 광활한 대륙의 사람 사는 모습을 보며 많은 생각을 하게 됩니다. 딸을 천시해 내다 버리거나 결혼을 시키기 위해 어마어마한 지참금을 준비해야 하는 인도입니다. 아직도 신분 제도가 은근히 남아 있어 도시 외곽 천막들에는 '불가촉천민'들이 살고 있습니다. 과자와 학용품을 나누어 주었습니다. 아이들은 크고 해맑은 눈동자로 수줍어하더군요.

보름 전에는 이곳저곳을 떠돌다 흘러 흘러 고아의 바닷가에 도착했지요. 팔로렘 해변과 폭포에도 다녀왔답니다. 커피데이의 노천 카페에 앉아 형이 아주 오래전에 보시던 『도덕경』을 읽으며 지는 노을을 따라 철썩이는 바닷가를 산책했습니다. 히말라야에서 시작된 개울물은 갠지스강으로 흐르다 드넓은 고아 바다에서 철썩이고 있었습니다. 한 사람 한 사람의 인생길도 한 방울 두 방울 강물이 되어 바다로 나아갑니다. 바다는 하나로 철썩대며 지구를 먹여 살리고 있지요. 저는 풍경화 속의 점처럼 거친 풍랑 속에도 침묵에 잠긴 저 넓은 대양 끝자락의 노을을 보며 서 있곤 했습니다.

게스트하우스로 가는 길목에는 허름하기 짝이 없는 작은 옷 가게가 있습니다. 점원인 인도 소년은 제가 지나가면 앞으로 쪼르르 달려와 세수도 못 한 꼬질한 얼굴을 들이밉니다.

"come, come."

키가 제 가슴까지 오는 녀석을 따라가 옷을 한 개

샀습니다. 다음 날도 그 녀석을 만났습니다. 이번엔 바지를 하나 샀습니다.

"깎아줘."

"음…… 얼마?"

"반값."

"안 돼, 안 돼."

"두 개 살게. 200루피."

"안 돼, 안 돼."

"한 개에 100루피."

"좋아."

이 녀석은 숫자를 모릅니다.

"옛다. 200 줄게. 두 개 줘."

이런 식으로 흥정하는 게 재미있습니다. 이제는 그 녀석을 피해 다녀야 할 판입니다. 아예 옷고름을 잡고 울상을 짓습니다.

그는 남쪽 지방이 고향이랍니다. 아픈 엄마를 대신해 점원 일을 하는 것 같습니다. 옷을 못 파는 날 저녁에는 사장에게 얻어터지는 모양입니다. 하루는 돼지가 꿀꿀거리며 쓰레기통을 뒤지고 있는 길가 구석에서 훌쩍이고 있었습니다. 그날은 못 본 척하고 지나갔어요. 물어봐야 말을 하지 않을 것이 뻔했지요. 낯선 이국인에게 마음을 호락호락 열 친구는 아닌 듯 보였습니다.

고아를 떠나오기 전날, 그의 가게에 들러 남자아이 옷을 샀습니다. 흥정을 하며 놀리면 그는 이제 빙글거리며 웃습니다. 새로 산 옷을 녀석에게 돌려주었어요.

"응, 너 입어. 선물이야."

아이의 손에 꼭 쥐여주었습니다.

"왜? 왜?"

그는 내 행동이 무슨 뜻인지 정말로 모르는 눈치였습니다. 난처한 표정을 짓더니 곧 울상이 되더군요. 가게를 나오며 "안녕, 나는 떠나. 그건 너의 것이야" 말했지만 타밀어만 쓰는 그가 알아들었을지는 모르겠습니다. 하지만 일단 나오면 이해하리라 생각했어요. 어쩌면 이 옷을 다시 팔지도 모릅니다. 필경 그러리라 생각됩니다. 만약에 그 옷을 입으면 사장에게 날벼락을 맞을지도 모릅니다. "너, 팔라고 한 옷을 왜 입었어?" 하고요. 아마도 그럴 것입니다. 좀 영리하다면 옷을 다시 걸어놓고 제가 지불한 돈이라도 챙길 터인데 모르겠습니다. 저는 그냥 옷을 사주고 싶었을 뿐이라 그렇게 할 수 있어서 기뻤습니다.

인도인에게 '불평등'이란 전생부터 비롯된 아주 깊고 깊은 것입니다. 참 재미있는 나라이지만 고통이 많습니다. 그러나 체계화되고 문명화되기 이전의, 규율을 강제하지 않는 순수함이 사랑스럽습니다. 햇살처럼 반짝이는 그들의 눈동자가 아름답습니다. 다음에 인도에 와도 이 가게를 꼭 들러볼 생각입니다.

마지막 날은 한국의 김치전을 만들어 머리에 이고 그동안 만났던 청소부, 거리 소년, 점원들에게 선물했습니다. 신기한 듯 맛있게 먹더군요. 떠나는 날, 천막에서 두 아이와 살고 있는 불가촉천민 집에 들렀습니다. 여기서 제가 쓰던 냄비와 그릇, 타월과 모포, 가방 등을 주고 그 옆에 500루피를 두고 나왔습니다. 말을 할 필요가 없어 좋습니다. 어차피 못 알아듣기도 하겠지만, 사실 무슨 말이 필요하겠어요.

목욕물을 가져오던 게스트하우스 총각은 제가 준 팁에 몹시 신이나 제 방문 앞을 또 서성이네요. 준 팁이라야 한국 돈으로 고작 천 원 정도입니다. 청년이 "뭐 도와드릴 일이 없나요?" 하면 저도 그들처럼 "아무 문제 없다(no problem)"고 답합니다. 인도에서 가장 많이 듣는 말이 'no problem'입니다. 이들처럼 나도 'no problem'이 되어갑니다. 이들이 즐겨 쓰는 이 말처럼 제 인생을 문제로 보지 않기로 다짐했습니다.

하루도 바람 잘 날 없던 결혼 생활을 끝내버리고 멀리 타국에 있으니 옛날 친구들 생각이 나더군요.

지우와 민호는 교수가 되었고, 최연소 민주노조 위원장을 지낸 상준은 강남에서 잘나가는 사업가가 되었습니다. 직속 선배였던 용인 형은 제 동기인 약학과 친구와 결혼해 약국의 카운터에 서 있고, 기억할 만한 다른 친구들도 뿔뿔이 짝을 지어 제 갈 길을 갔습니다. 충남 여민회는 지금도 나름의 활동을 하고 있답니다. 한때는 두 아이를 데리고 여민회에서 '매 맞는 아내 모니터' 자원봉사 일도 했었는데 시골로 들어오니 한 번 가기도 쉽지 않군요.

결혼하고 엄마가 되니 세상의 지평이 넓어지고 배움이 깊어진 자신을 발견하곤 했습니다. 저의 집에 오셨을 때 형이 가장 놀라셨던 것은 제 엄마가 논농사, 밭농사를 지을 만큼 건강해지셨다는 것이었지요. 엄마가 좋아하는 시골로 오길 참 잘 했어요.

"어머니 환갑잔치를 이쪽 마당에서 열면 좋겠어. 삶은 잔치다. 기회가 있을 때마다 즐길 수 있는 잔치를 여는 것이 명상이고."

형의 제안대로 마당에서 엄마의 환갑잔치를 열었습니다. 오빠가 엄마를 업어드리자 모두의 함박웃음이 캠프파이어 불빛에 춤을 추었습니다. 형의 도움으로 어둠을 조금씩 조금씩 벗고 있습니다. 슬픔이 있으면 기쁨이 있고, 억압이 있으면 자유라는 개념이 있듯 저도 이제 양쪽 모두를 맛보고 살아가고 있네요.

작년엔 동사무소 직원이 인가도 적은 이 집까지 꼬불꼬불 찾아왔더군요.

"정소영 씨 맞으시죠?"

"……네. 왜 그러시죠?"

평생 국가기관과 친해본 적이 없는 저는 이런 순간엔 좀 쫄게 됩니다.

"건넛마을 반장 아주머니가 생활보호 대상자로 추천을 하셔서 조사를 좀 하러 나왔어요."

"아. 그런 제도가 있나요?"

재산 정도에 따라 생활비를 정부에서 도와주고, 근로 능력이 적은 가정의 학비도 면제해주는 것이라 하더군요. 빨갱이로 몰려 모진 고초를 겪은 김대중 씨가 대통령이 되고 심지어 노벨평화상 후보로 추천될 것 같다니 놀라운 일이죠. 그분은 생활보호 대상자를 확대하고, 자녀 보호를 위해 한부모가정 지원을 대폭 늘리고 있다 합니다. 제가 꿈꾸던 무언가에 한 발 다가가고 있다는 것을 처음 알았지요. 덕분에 제가 몸을 추스를 동안 도움을 받을 수 있게 된 것이죠. 동사무소 직원들이 집도 고쳐주고 컴퓨터를 무료로 보내주어 아이들이 인터넷 강의도 듣게 되었습니다. 김대중 대통령의 덕을 톡톡히 보고 있습니다. 아니, 민주화를 위해 수많은 분이 희생한 덕을 보고 있는 셈입니다.

누군가가 '소영이 인생은 참 파란만장해. 너처럼 똑똑한 사람이 왜…… 아마 전생에 어쩌고저쩌고……' 하는 것을 들었습니다. 뭐라 말하기가 참 난감했습니다. 많은 일이 일어났으나, 그걸 그냥 파란만장한 인생이라 말하는 것은 모욕처럼 들릴 수 있다는 것을 아느냐 묻고도 싶었지요.

남의 인생을 함부로 평가할 수 있을까요. 막상 뭐라 말하기 어려우나, 노를 저으면 물이 일렁거리는 것과 같지는 않을까요. 도전하고 깨우치며 살고자 한 것이 그저 편안하게 안위하며 사는 것보다 나쁜 인생이라 말할 순 없지 않을까요. '난 오히려 내 인생을 자랑스럽게 생각해. 어찌 보면 파도는 출렁였지만 나라는 배 안은 고요했고 파도와 함께 춤춘 것뿐이지. 파도가 나의 전부인 줄 알았는데 나는 파도가 아니라 배였더라……' 그렇게 답해주고도 싶었습니다.

이제는 형의 묘한 프러포즈에 대한 답을 드려야 할 것 같습니다. 요즘 젊은 세대는 여성에게 프러포즈를 할 때 무릎을 꿇고 반지를 주며 "결혼해줄래?" 하고 묻더군요. 형이 지나가는 말로 "함께하자" 하실 때 처음에는 무슨 소린지 이해하지 못했습니다. 참, 형도 배울 것은 좀 배워야 하는데 구세대임에 틀림이 없더군요. 하하.

사실 형은 눈치가 없어서 잘 모르시는 것 같으니 제가 묻겠습니다. 형을 사랑하는 저 여인이 안 보이십니까? 그는 형이 신부직에 계실 때부터 지금까지 형을 잊지 못해 소백산까지 찾아갔다 전해 들었습니다. 저의 집에 오면 그분은 형을 많이 사랑하고 있다 고백하곤 합니다. 저에게 그 말을 하는 이유가 무엇일까요?

그를 아프게 하면서 형의 곁으로 가야 할지 몇 달 동안 자신에게 물었습니다. '무엇이 나의 길인가?' 하고요. 형은 그냥 거기에 계시고, 저는 여기에 있는 것이 자연스러우리란 마음을 먹기까지 꽤 스스로를 추슬러야 했어요. 그리고 핑계를 대야 제 마음이 편할 것 같아 몇 자 더 적어봅니다. 사실은 당신을 담기에 제 그릇이 너무 작고, 저는 아직 어둠 속에 혼자 서 있습니다. 불완전과 못남도 모두 사랑하는 당신을 볼 때마다 사랑하기 힘든 저의 못남과 어둠을 발견합니다. 당신의 자유로움을 볼 때마다 저의 부자유함을 발견하며 숨이 막힙니다.

세상의 명예와 물질에서 자유하고자 했으나 현실은 허물없이 소중한 사람에게조차 그냥 의지할 만큼 호락호락하지 않더군요. 나무가 숲을 이루려면 그리움의 여백 같은 거리가 가끔은 필요합니다. 당신과 함께한다면 그나마 추스를 '나'마저 사라질 것 같습니다. 당신의 것이 너무 커서 나를 잃어버리고 그게 나인 줄 착각할까 두렵습니다. 아직은 혼자 가야 할 것 같습니다. 세상을 부드럽게 통과하여 자신으로 돌아올 날이 있겠지요.

두 아이의 엄마로 살아보렵니다. 덕분에 풀에 베이고 젖은 옷자락을 끌며 천천히 저 자신으로 돌아가고 있습니다.

평생 친구이자 스승이 되어주어 고맙습니다.

아직도
부르고 싶은 말

2016년 5월 8일

엄마에게

오늘은 어버이날이다. 엄마! 그냥 한 번 불러보고 싶어 편지를 써요.

　당신이 떠난 지 벌써 일 년이 다 되어가네. 내 나이는 이제 50을 넘어 60을 향해 가고 있다우. 세상엔 엄마라는 느낌으로 불러볼 수 있는 사람이 한 사람 뿐이더라구. 당신이 가고 나니 그런 기회가 없더라. 옆집 동생이 놀러 와 그의 엄마 나이가 85세인데 아직 농사도 짓는다고 할 때는 어린애처럼 좀 부럽더라고.

내 20대의 소원은 엄마와 손잡고 거리를 걷고 쇼핑도 하고 수다도 떨고, 아이스크림도 같이 먹는 평범한 것이었어. 지난 세월이 꿈결같이 다시 기억이 난다. 엄마에게 돌아가기로 마음먹은 29세 이후 강산이 두 번 바뀌고 또 반 바퀴를 넘었어.

결혼하고 2년 만인가? 우리 가족은 동생과 엄마가 있는 아파트로 이사를 했었지. 한마디로 처가살이였는데 이제야 말하지만 아이들 아빠도 그걸 원했고 마침 동생이 뼈를 다쳐서 도움이 필요했었어. 함께 아이들도 키우며 엄마 곁에 있게 돼서 너무너무 좋았어. 그러나 그 선택이 패가망신을 코앞에 둔 불운한 역사의 시발점이 될 줄은 몰랐지. 그러니 우리는 얼마나 우물 안에 개구리인 거야? 그저 착하고 믿기 잘하는 바보였더라고.

그 시절 당신은 늘 집에만 있었어.

"엄마! 나가자. 응? 허리가 좀 비뚤어졌음 어때?"

"아냐. 안 나가. 이 몸으로 죽겄는디 어딜 나가."

"밖에 봄이 왔다니까. 창밖을 봐. 꽃도 보고 시장도 보고 하자. 응?"

"아녀, 난 못 나가."

나는 계속 졸랐지. 손자하고 유모차 끌고 요 앞 시장에 살살 가보자고 말야. 엄마는 연신 못 간다 했고.

"아녀, 아녀. 서 있지도 못하는데. 어지러워. 안 돼."

이런 대화를 아마도 일 년 넘게 한 듯싶지? 내 고집도 장난 아니니까. 내가 둘째를 임신하고 딸아이가 걷고 둘째도 무사히 세상에 태어나 뒹굴고 할 때까지 귀에 못이 박히도록 말했지. 결국 당신이 용기를 내어 나를 따라나섰던 날, 막상 나도 정신이 없긴 했어. 유모차에 아들을 앉히고 유모차 옆을 걷는 딸을 살피며 당신을 부축도 해야 했거든. 엘리베이터 타는 법을 알려줘도 당신은 어리둥절 정신없이 혼미하고 어지럽다 하였지만 그 외출이 내게는 정말 기쁜 순간이었다.

시장에 들어서서 "엄마 잠깐 여기 있어. 응? 아이들 옆에. 꼭 붙어 있어. 슈퍼에 잠깐 갔다 올게, 알았지?" 당부하고도 어수선한 엄마가 걱정이 되어 바삐 서둘렀지만, 돌아와 보니 엄마가 보이지 않는 거야. 한참을 찾았더니 노점상 아줌마 가게 앞에 쭈그리고 앉아 투닥거리는 당신이 멀리 인파 속에 보이더군.

"왜 그래?"

"아니, 다 시든 걸 팔잖아. 아줌마, 이건 아니지."

아줌마가 점점 화가 치미는 눈치였는데 엄마는 정말 아랑곳 않더라구.

"아이고 안 살 거면 그냥 두셔요."

"살까 말까 생각하잖아요."

속으로 생각할 말을 다 뱉음 어떻게 하냐며 엄마를 일으켜, 아주머니에게 사과를 하고 유모차로 돌아왔지. 그랬더니 이번엔 딸이 없어진 거야. 엄마는 그때를 기억 못 할 거야. 평생 밖에 나가본 적이 없어선지 많은 것에 정신을 빼앗기고 있더라고. 그때 엄마는 근 15년 동안이나 통증에 지쳐 진통제로 메말라가고 있었으니까.

"엄마, 여기, 여기. 그냥 있어. 응, 어디 가지 마. 꼭."

엄마한테는 대범한 척했지만 이 넓은 시장에서 딸을 어떻게 찾을지 어디로 갔는지 암담하여 다리가 벌벌 떨렸어. 사방팔방 시장을 다 뒤지며 뛰어다니다 6차선 건널목 저편에서 어떤 남학생이 울고 있는 나래의 손을 잡고 있는 것을 발견했어. 미친 듯이 달려가며 '하느님, 부처님 감사합니다' 나도 모르게 기도를 하고 있었어.

"나래야!"

"엄마!"

그 남학생은 아이가 울고 있어서 집이 어딘지 데려다 주는 중이었다 했지. 벌써 까마득한 옛날이야기가 되었네.

그렇게 요란한 첫 외출을 시작으로 당신은 변해가기 시작했다. 혼자 슈퍼에서 물건 사는 법도 배우고, 손자 데리고 놀이터에 가 아줌마들과 수다도 떨고. 그 후로 당신과 강가로 놀러도 가고, 사위하고 여행도 하고, 이혼 후에는 현진 형 사는 소백산도 가고……. 그때가 그립네. 소원을 하나씩 이루며 사는 게 꿈만 같았어. 내 뜻을 따라주어 정말 고마웠어.

환갑 기념 여행을 몽골로 떠나기 전 당신이 아프다며 또 쓰러졌던 것 기억해? 비행기를 타는 게 두려웠나? 갑자기 아프다고 자리에 누워버려서 보약을 해 먹이고 설득하기를 며칠.

"몽골에 별이 무지 아름답대. 가자. 힘내. 예약 다 했는데. 현진 형도 가고 손자들도 다 가고 당신이 제일 사랑하는 동생 부부도 가잖아. 첫 해외여행을 위해 얼마나 준비했는데. 가자, 응? 무조건 가야 해."

가다가 죽을 것 같다고 고집을 부리는 당신을 또다시 내 고집으로 조르고 또 졸랐어. 내 고집과 모두의 응

원으로 함께 비행기를 타고 아름다운 몽골의 들판에서 펴도 아름답게 빛나는 별들을 보았었네. 다시 그런 여행을 할 수 없다니 아쉽다.

당신을 보면 투덜거림과 불평은 인생길에 양념이란 생각이 들었어. 지금 생각해보면 사업을 망해 먹긴 했지만 애들 아빠 주장대로 시골로 이사 가길 참 잘했다 싶어. 당신은 땅에다 당신 인생의 거칠고도 질긴 불행을 다 쏟아내기 시작했어. 농사일을 도맡아 척척 해내고 꽃과 하늘과 태양을 즐기며 건강도 펴 좋아졌었지.

"이건 무슨 꽃?"

"이건 무슨 나물?"

"이건 어떻게 먹는 거야?"

엄마는 모르는 것이 없었지.

책을 읽어주면 좋아하더니 마침내 한글을 배워 뜨문뜨문 책을 보다 잠든 엄마 모습은 평화로웠어.

"소영아, 어제 꿈을 꿨는데…… 햇살 속에 서 있었는데, 너무 행복하고 감사한 거야."

"그려, 그려. 웃으니 소녀 같아. 좋네."

당신은 한 송이 꽃 같았어. 고난과 시련을 겪어낸 꽃이었지.

당신이 병석에 눕기 전일 거야. 동생이 심각한 얼굴로 마당에서 서성이더라. 무슨 일이냐 물으니 말을 해도 될까 망설이더군. "있잖아, 형한테 비밀로 꼭 해야 해" 하며 결심한 듯, "어젯밤에 엄마가 무덤까지 가져갈 비밀이 있다 하며 말을 못 해서 좀 캐물었더니⋯⋯"

그 이야기였어.

내가 당신에게 오래전에 쓴 부치지 못한 편지가 있었는데, 거기에 썼던 오빠 이야기. 오빠가 뱃속에 생겼고, 누군가의 소개로 당신은 무작정 떠났고, 아이를 몰래 낳으려고 했는데 집 밖 세상이 얼마나 무서운지 뼈저리게 알았다는 이야기. 그래서 고생 끝에 창피를 무릅쓰고 대전에 살고 있던 오빠네 집 대문을 두드렸다는 그 이야기. 거기서 마작을 하러 온 아빠를 만났고 그래서 결론은 오빠는 어떤 다른 놈의 씨앗이었다는 그 이야기.

나는 이미 알고 있었던 터라 담담히 말했지.

"난 너도 알고 있는 줄 알았네."

"아니야. 나는 어제 알았어. 어떻게 알았어? 엄마는 지금 말해놓고 후회하고 있어."

당신은 방에 힘없이 누워 있었다. 어쨌든 그렇게

엄마와도 그 이야길 나눌 수 있었지.

"괜찮아, 엄마. 고생했다. 괜찮아. 오빠에겐 말 안 할게. 그런데 그놈이 누구야?"

나는 심각해지고 싶지 않아서 일부러 장난처럼 물었지.

"○○○라고…… 아직 산다더구나. 그래서 내가 고향에 한 번도 가지 못했다. 아버지도 작은아버지도 돌아가셨다는데."

그러고 보니 지척인 고향 마을을 지나갈 때도 엄마는 늘 고개를 돌리고 침묵했었지. 세월이 이렇게나 지나 비로소 이야기를 꺼내면서 당신은 울었어.

"남사스러워 말 안 하고 죽으려 했는데."

엄마는 최선을 다한 것을 말야. 다 털어버리자 달래는 내게 당신은 내 어린 날을 사과했다.

"너에게 미안해. 지쳐 쓰러지도록 일이라도 해야 살 것 같았거든. 사랑한다고 말도 못 하고 안아주지도 못하고."

"그건 그래. 아들 아들 하면서 은근히 엄마도 딸 아들 차별하더라."

"그래도 아들이 좋은 걸 어쩌냐. 그렇게 배운 걸."

그러다 이야기는 어린 시절로 돌아가곤 했었어.

"어릴 때 광에는 왜 가둔 거야? 내가 뭘 잘못했었나?"

"그때 네가 양모 말 안 듣고……. 너는 자꾸 나한테 오지, 양모한테는 엄마라고 안 부르고 오빠한테도 이름 부르고……. 내가 제정신이 아닌 거였지. 쫓겨날까 봐."

그런 이런 이야기를 하면 어린 시절의 엄마와 같이 있는 것 같아서 좋았어. 그때 말 못 한 것을 말하니 과거에서 자유로워지는 기분이었지. 그렇게 당신은 우리 옛날 일들을 하나씩 꺼내며 용서를 구하곤 했지. 우린 꼭 안으며 지난 세월을 녹여버렸다.

내 인생에 마지막 슬픈 기억은 당신이었어. 당신이 돌아가시던 날, 난 인천에 살고 있었다. 딸아이는 인도 유학을 마치고 서울에서 취직했고 아들은 서울에서 대학을 다니다 공군으로 군 복무를 하고 있었거든. 당신이 떠나기 전날 난 대전에 있는 당신에게 가려 했었지.

"태현아, 엄마는 좀 어때? 곧 내려가려고."

"아녀, 누나. 내일 형 부부가 온다니까 모레 와. 괜찮아, 엄마는."

이상하게 전화를 끊자마자 마음이 허공을 떠돌며

갈피를 잡을 수 없이 흔들렸어. 집 안에 앉아 있을 수도 없어서 무작정 차를 끌고 달리다 산책을 하고 돌아와 보니 지갑이 없어졌더라고. 내가 제정신이 아니구나 싶으면서 뭔가가 없어지고 마는 묘한 기분에 계속 사로잡혀 있었지. 평상시 마음으로 돌아오려고 애쓰면서 무작정 잠을 청했는데 아침에 전화벨이 울리고.

"엄마 새벽에 돌아가셨어."

동생의 전화였어. 이렇게 당신은 떠났더라고. 당신의 마지막 가는 길을 보러 지하철을 타고 서울역으로 향하면서, 그만 인파 속에서 엉엉 울다 계단에서 넘어질 뻔했어. 내가 나를 봐도 당황스럽더라. 뱃속 깊은 곳에서 터져 오르는 감정에 복받쳐서 '조금만 기다리지' 하며 엉엉 울었어. 그때 딸이 당황해하며 휘청거리는 내 손을 꼭 잡아주더라고. 순간 내가 죽고 나서 내 딸도 이렇게 울면 안 되는데 싶은 거야. 입술을 악다물며 결심했다. 당신은 내 인생의 깊은 슬픔이었고 당신을 이젠 떠나보낼 것이고…… 내 슬픔도 함께 보내야겠다고. 그렇게 딸의 손을 잡고 눈물을 뚝 그쳤어.

죽음이 꼭 슬픈 거라는 식으로 생각하진 않아. 다만 마지막엔 꼭 손을 잡고 웃으며 보내드리고 싶었는데. 하루만 기다렸어도 마지막을 함께했을 것을. 그렇게 메르스가 막 시작될 무렵에 당신은 떠났어. 우리도 몰랐지. 전염병이 돌기 시작했다는 사실을. 병원 장례식장으로 가려면 응급실에 들어가야만 했어. 그러나 뜻밖에도 응급실 앞에서 거절당했다.

"새벽에 돌아가셨는데 네 시간이나 무얼 한 거요? 혹시 모르니 장례는 검사의 지휘를 받아야 합니다."

그 말에 동생은 난처해하며 집으로 들이닥친 과학수사대의 조사를 받았어. 떠나기 전 엄마는 새벽까지 발을 주무르던 동생에게 "이제 그만하고 자라" 했다지. 동생은 깜빡 잠들었고, 문득 이상해서 엄마를 만져보니 숨을 쉬지 않았대. 손은 온기가 남아 있는데 말야. 다급한 마음에 심폐소생술을 했는데 하다 보니 엄마가 원하시지 않을 거란 생각이 들었대. 평생 아픈 몸으로 고통스러웠으니 이제 보내드려야겠다고. 시간은 아직 새벽, 엄마의 손을 잡고 있다가 커피를 두 잔 끓이고 죽도 데우고. 엄마 곁에 차려놓고 천천히 엄마와 마지막 시간을 보냈다고 했어.

'엄마 잘 가세요. 고생 많았어요. 사랑해요. 다음 생은 멋진 남자로 태어나 마음껏, 못다 한 일 하며 사세요.'

정성껏 그렇게 기도하고 아홉시가 되길 기다려서 여기저기 전화했다는 거야. 그런데 119를 바로 부르지 않았다고 응급실로 들어갈 수 없다니……. 사건 접수가 돼서 자술서를 써야 했다나 봐. 그런데 그때 만약 응급실에 들어갔다면 어떤 상황에 처했을지 알아? 생각만 해도 끔찍해. 메르스가 무엇인지 모르던 건양대 응급실에 있던 위암 환자 부부가 의심환자였다더군. 그날 부부는 전염병 확진을 받고 음압병실로 각각 감금되고, 응급실에 있던 많은 사람은 검사를 받느라 일상을 포기해야 했다고 해. 우리가 들어갔다면 장례식은커녕 지인들까지 모두 난처한 상황에 처했을 거라더라.

어쨌든 우리는 혐의가 풀리자 곧장 장례식장으로 갈 수 있었어. 화장터에서 불꽃 속에 엄마의 육체가 타오르는데 눈물이 나더라. 허리 아파 쓰러진 후 45년을 그 몸으로 살아내느라 고생한 것을 알기에 기꺼이 당신을 보내줘야 했지만 말야. 엄마의 소원대로 생전에 아끼던 깊은 산, 그 큰 나무 옆에 당신을 뿌렸어. 한 번 가기도 힘든 그 숲속은 아무 일도 일어나지 않은 듯 고요로 충만해. 햇살이 비추면 잎사귀들이 노래를 부르고 빗방울에는 춤을 추더라.

엄마. 한 가지만 약속해줘. 이생의 당신 모습은 다시 만나고 싶지 않아. 당신을 통해 넘치도록 고통과 슬픔을 맛보았거든. 아주 어린 시절부터 말이야. 엄마도 알고 떠났을 거야. 그런 모습의 삶은 이생으로 충분하다는 것을. 혹시라도 다음 생이 있어 우리가 만난다면 기쁘게 사랑하자. 알았지?

60년을 살고

2021년 1월 5일

아빠에게

오늘은 저의 환갑날입니다. 서울에 사는 아들을 만나러 왔어요.

　　상상이나 해본 일이었겠어요? 독일 대학으로 유학을 간 딸은 함께하지 못했지만, 아들 손을 잡고 서울을 드라이브하며 쇼핑도 하고 전망대에서 노을을 보며 행복한 시간을 보냈습니다. 끔찍이도 사랑했을 당신의 손주들이 어엿한 성인으로 자라, 사회 속에서 살아가는 것을 보셨다면 얼마나 기뻐하셨을지. 행복해하실 모습이 눈에 선합니다.

세월이 흘렀습니다. 저는 어릴 때에, 그저 무의식적으로 어른들을 존경했었어요. 나이가 드신 분들은 인생에 대해 답을 갖고 계시리라 믿었기 때문입니다. 하지만 지금 제가 환갑이 되고 보니 어른들은 문제를 잃어버리고 정신 줄을 놓고 있거나, 의심에 싸여 안개 속을 헤매고 있거나, 계속 답을 찾고 있었을 뿐임을 깨닫게 됩니다. 그래도 답은 있겠지요? 아빠는 어떤 답을 갖고 계셨을지도 모르겠어요. 나이가 드실수록 조용히 홀로 계시는 느낌이었거든요.

지금의 저는 수많은 날 동안 수많았던 그 모든 질문이 사라지고 평화롭고 여유로운 마음입니다. 아빠가 돌아가시고 노태우, 김영삼, 김대중, 노무현, 이명박, 박근혜 그리고 광화문 촛불집회를 거쳐 문재인 대통령까지, 민주화의 릴레이가 계속되고 있습니다. 2016년에 서울에 살게 되어 광화문 집회에 갔었지요. 연일 TV에 나오는 장면에 끌려, 산책 삼아 가벼운 마음으로 나섰는데…… 시민들의 함성을 듣는 순간, 울컥 눈물이 쏟아지더군요.

'죽지 않았구나. 살아 있었구나. 그렇지. 그렇지. 바로 이거지.'

감격이 밀려왔습니다.

「임을 위한 행진곡」이 들리고 그 많은 인파가 한목소리로 외칠 때 촛불은 숲을 이루며 아름답게도 빛났습니다. 아이들 키워야지 하며 정치와는 담을 쌓고 시골에 조용히 은거하며 25년을 보냈는데, 지금 여기엔 최루탄도 곤봉도 없는 평화가 춤추고 있었습니다. 아름다운 밤이었지요. 우린 이렇게 자유 속에서 자라나 숲을 이루고 있었어요. 아빠가 옆에 계셨다면 이 광경을 보며 우린 얼싸안고 울었을 것입니다.

그날 인파를 헤치며 돌아오는 길에 문득 경인이가 떠올랐습니다. 아빠는 모르시겠네요. 잠시 저의 남자친구였는데 민주화를 외치다 분신을 했어요. 벌써 35년 전이네요. 그가 이 함성을 듣는다면, 민주와 평화가 자리 잡은 촛불 군중을 본다면 얼마나 기뻐했을지요. 경인이와 서울 거리를 걷던 때가 손에 잡힐 듯, 곁에 있는 듯싶었습니다.

이제는 우리 손으로 대통령을 뽑습니다. 시위를 해도 고문을 당할 공포에 떨지 않아도 됩니다. 오히려 한국인은 정의감과 열정이 넘쳐 누구라도 다스리기 힘든 나라가 되었습니다. 삶의 방식과 생각이 얼마나 변했는지 아빠는 상상도 할 수 없을 거예요.

작년에 규완 형이 연락이 왔었어요.

"우리 사건 재판을 해야겠어. 서류 좀 만들어보자."

그때 그 청람회 사건 기억하시죠? 오랜만에 규완 형과 연숙이와 만나 '국가기록관리원'에서 서류를 떼고 밥을 먹었습니다. 우리의 흰머리와 주름 속에 세월이 고스란히 앉아 있었습니다. 규완 형은 청람회 사건으로 부러져 비뚤어진 코가 많이 반듯해지셨더군요. 연숙이는 남편이 학장이었음에도 여전히 친정 식구들 뒷바라지를 위해 학생을 가르치고 있었습니다. 정당하게 명예도 회복하고 피해 보상도 받아야 하리란 생각이었지만, 몇 달이 지나도 연락이 없던 규완 형은 난처한 듯 전화를 하셨더군요.

"재판 못 하겠어"

"왜요?"

"제대로 보상을 받을 수 없다 하더라고."

아람회 사건이나 금강회 사건 등에 대해서도 정권

에 따라 상황이 또 달라졌다는 것 같았습니다.

"일단 기다려보자. 지금은 정부가 보상을 해주지 않아."

저는 "알겠어요. 건강하세요" 하고 말았답니다. 저는 차치하고 아빠가 고생한 것을 어떻게 보상받을 수 있겠어요.

중국을 여행하다 백두산을 거쳐 두만강을 갔던 때 생각이 납니다. 아빠! 지금은 해외여행이 자유로운 시대입니다. 두만강을 보는데 울컥 눈물이 쏟아졌습니다. 이유를 알 수 없는 이 눈물의 근원에 아빠가 있더군요. 기타를 잡으면 '두만강 푸른 물에 노 젓는 뱃사공……'을 부르시던 당신은 늘 통일을 원했지요. 노랫말에서나 듣던 두만강 물에는 잃어버린 아빠의 동생에 대한 그리움이 흘러가고 있었어요. 한달음에 건널 수 있을 만큼 물이 말라 있어, 이 보잘것없는 강물로 나뉘어 손에 잡힐 것 같은 북한 땅을 뚫어지게 쳐다보다 돌아왔습니다.

아빠. 저는 올해 오랫동안 꿈꿔왔던 독립을 하여, 산속에서 전원생활을 시작했습니다. 저의 버킷리스트 중 하나였지요. 시골집 창밖에는 겹겹이 우아한 산등성이가 내려다보입니다. 오늘은 바람을 타고 눈발이 춤을 추고 있겠네요. 곧 서울을 떠나 집으로 돌아가야겠어요. 세상 시름 모두 저 산 아래에 버리고, 욕심껏 혼자살아볼 생각입니다. 맨땅에 잔디도 심고, 아빠가 사랑했던 포도나무와 장미 등을 심으며 그런 생각을 했습니다. 어린 시절 당신이 심어놓은 나무들 옆에서 소나기도 맞고 글도 쓰고, 혼자였지만 외롭지 않았거든요.

제가 떠나도 미래의 아이들과 손주들이 가끔은 놀러 와 행복과 평화를 느끼기를 잠시 바라봅니다. 아, 손주는 모를 일이네요. 사실 저의 두 아이는 비혼주의자이지만 그래도 괜찮습니다. 저처럼 덥석 결혼을 안 해 다행이고, 무의식적으로 아이를 낳지 않아서 지혜롭습니다. 역사가 진보한 결과가 아니겠어요?

멀리 독일 땅에서 당신의 손녀가 영상 전화로 "독일인 친구 집에 초대되었는데 한국 음식 만들어 가져가려고. 뭐가 좋을까?" 묻습니다. 얼굴을 볼 수 있는 이 전화기를 아빠에게도 사드리고 싶군요. 오늘따라 많이도 뵙고 싶네요.

평생의 화두였던 자유. 저는 지금 자유롭습니다. 자본주의 안에서 누리는 자유가 아닌 한 인간으로 자유롭습니다. 사회 안에서 길들여진 자유가 아니라, 그저 자유하는 자유입니다. 인식하는 만큼은 자유롭습니다.

또 하나의 화두였던 평등. 생명에 대한 평등을 지키고 싶어, 되는 데까지는 불평등을 헤쳐가며 살아왔네요. 지혜롭게 옳은 것을 볼 줄 알고 바른 것을 사랑하며 가치를 소중히 여겨 신의를 지킨다면 인간은 그것으로 아름답습니다. 가끔은 세파에 시달려 정신 줄을 놓기도 하지만 원칙을 이생에서 찾고 지켜온 것이 다행스럽습니다.

옳지 않음은 늘 경계해야 바른 것이 자라는 것인데, 가끔은 깜박깜박합니다. 실수를 통해 배우지 못하는 어리석은 마음을 더욱더 가다듬을 나이가 되었다 생각됩니다. 하지만 불의와 불평등에 대해 쓸데없이 너그러워지는 것을 보니 저도 이제 나이를 먹었나 봅니다. 60살이 되니 한 바퀴 세월을 돌아 마치 원을 완성한 기분입니다. 작년에 심은 장미와 포도나무가 올 겨울 추위를 견뎌낼지 궁금합니다.

봄이 오겠지요? 저 자신과 화해하고, 인간의 마음들을 구경하며, 그 너머에 있음 그자체로 아름다운 그곳에 머물러보려 합니다.

생각하기에 따라 여전히 이 세상은 커다란 감옥일

수도 있습니다. 남아 있는 이 감옥에서도 탈출하는 날 아빠를 꼭 한 번 안아드리고 싶습니다.

멀리 가지 마시고 조금만 더 기다려주세요.

닫는 글

인간이
되어

2022년 4월 7일

나래에게

태양이 어둠을 제치고 빛을 뿌리며 온 숲의 나무들을 비추는 봄이 왔네. 햇살은 벚꽃도 개나리도 편견 없이 골고루 어루만져 정원 가득 꽃망울이 아름다운 날이다. 이제 엄마라는 역할을 끝내고, 평생 자유와 평등을 가슴속에 품고 산 한 인간으로 돌아와 편지를 쓴다.

산으로 들어올 때 '여기까지구나. 충분해' 하는 마음이었지. 나의 한계는 너희 세대의 새 역사를 위한 것이고 나는 이제 자유다, 세상을 산 밑에 차곡차곡 그대로 두고 떠나자 했어. 인간 구경하기 힘든 이곳에서 나는 숲과 하늘과 별과 바람 소리를 들으며 풍경이 되어간다. 무릇 모든 것은 때가 있어 봄 여름 가을 겨울에 할 일이 있으니 내일은 연못에 연뿌리를 심기로 했어. 연꽃이 피면 너에게 사진을 보낼 거야. 이런 소망이 있어 행복하구나.

유럽 낯선 곳에서 공부하느라 힘들지? 이생에서 엄마라는 역할은 처음으로 너를 통해서였다.

"이번에 아들이 아니면 둘째를 낳아야 해. 둘째도 아니면 셋째도……"

진통을 사흘째 하고 있는데 시어머니가 병원에 찾아와 하신 말씀이었지. 아! 나 자신에게도 초자아로 형성되어 있는 무의식적 남아 선호가 슬쩍 머릿속을 채우는 순간이었다.

너를 키우면서 나는 다른 각도에서 사회의 문제들에 새로이 직면했고 새롭게 세상을 마주하며 퍽 당황하곤 했었음을 이제 고백한단다. 네가 살아가야 할 이 세상을 너를 통해 다시 만나는 느낌이었어.

분한 것을 참으면 얼굴이 빨개지는 여자아이, 왕

따, 가난, 차별, 따뜻한 마음이 거절당하는 고통, 물리력이 약한 여자아이의 패배감, 매번 좌절과 우울에서 스스로를 건져야만 하는 감성, 섬세함을 이해받지 못하는 현실 등등, 이 말들이 너에게서 나에게로 새로이 들어오더구나. 그리고 매번 내 뼛속까지 들어와 있는 남아 선호 그리고 반민주적 태도와 전투를 해야 했다. 내가 배운 세상은 민주도 평등도 아니었거든.

네 동생이 아들로 태어나고 시어머니가 함박웃음을 지으실 때부터 나는 쭉 차별받아온 자의 차별적 태도와 싸워야 했다.

네가 초등학교 때였어. 한창 수업 중인 시간인데 네가 학교 실내화를 신고 가방도 두고 엉엉 울며 집으로 온 그날 기억하니? 어찌나 깜짝 놀랐던지. 남자애가 옥상에서 너를 밀치고 넘어뜨려 두려움에 집으로 도망쳐 왔다고 너는 울며 말했다. "나만 보면 돼지라고 놀리고 그래서 나도 한마디 하려고 용기 내서 옥상에 간 건데……" 그날 바로 너를 데리고 차를 끌고 학교로 갔어. 나는 녀석에게 단호한 목소리로 "나래를 다시 한 번 괴롭히면 죽여버릴 거야. 단 한 번만 더 해도, 이 학교에서 쫓아낼 거야. 절대로 다시는 그런 짓 하지 마" 하는데 온몸이 부들부들 떨리더라. 앞으로 그러한 폭력과 두려움에 어떻게 대적하고 소중한 너를 지켜야 하는지 네가 똑바로 봤으면 해서 그렇게 말했어. 그때 따돌림을 당했던 거지, 너도. 알고 있었어.

나는 언제나 형편없이 타락한 인간들을 보면 참을 수가 없었어. 인간의 마음은 생각보다 환경의 영향을 많이 받는다는 것을 평생을 통해 배웠지. 억압과 불평등이 지나쳐 감당할 수 없으면 인간은 부서지고 행복한 싹은 죽을 수밖에 없어. 학교를 힘들어하던 네가 11시에 느지막이 겨우 일어나면 난 학교에 전화를 했어. 선생님께 몸이 안 좋다고 둘러대고 있으면 옆에서 너는 "여행을 가야 해요. 할아버지 환갑이라서 체험학습으로 대체해주세요" 했지. 하하, 네 할아버지는 내가 대학에 다닐 때 이미 일흔이셨는데 환갑이라니…… 거짓말도 늘더구나.

그러나 그렇게 몇 달이 흐르고 선생님도 눈치를 채시는 것 같던 어느 날, 넌 스스로 네 삶의 방식을 선택해주었지.

"엄마, 내가 8시에 일어날게. 학교에 잘 가야겠어. 결석하니까 친구하고 친해지기 어려워. 숙제 안 해 가서 선생님에게 미안하고."

　　그리고 왕따였던 수줍은 아이가 다음 학년에는 반
장으로 선출되었다.

　　"엄마, 오늘 사탕 세 봉지만 사줘."

　　너는 시험 보는 날이면 어김없이 친구들에게 잘 보
라며 사탕을 나눠주는 따뜻한 친구가 되었어. 하지만
고등학교에 입학하고 두 달이 되었을 때 네가 한 말은
또다시 나를 철렁하게 했다.

　　"학교 못 다니겠어."

　　"응? 왜?"

　　"삭막해. 교실에 앉아 있으면 눈물이 나와."

　　틀 안에 들어앉아 있어야 불안하지 않은 지극히 평
범한 모범생이었던 나로서는 뜨악한 일이었다. 솔직히
많이 놀랐었어. 나는 교실에 꽃 화분을 잔뜩 사다 놓아
주겠다고, 한 달만 참고 더 다니자고, 선생님과 같이 셋
이서 토론해보자고 너를 열심히 설득했지만 너의 고집
은 나를 능가한다는 사실을 깨닫는 데 오래 걸리지 않
았지. 결국 그렇게 자퇴를 하고 또 이렇게 세월이 흘렀
네. 엄마 머리가 하얘지고 주름이 늘었어. 너는 멀리 네
덜란드 어디쯤 있는가 본데……. 그냥 보고 싶구나.

20대 대통령선거를 하기 전날에 네가 부재자 투표를 하러 갈까 말까 망설여진다며 나에게 전화했을 때, 정작 하고 싶은 말은 할 수 없었단다. 몇 초 사이에 생각이 후다닥 많이도 지나가더구나.

나래야, 유럽에서조차 고작 백 년 전에는 어떤 여성도 투표를 할 수 없었지. 여성이라는 이유로 노동력을 재생산하는 일을 강요당하다 못해 남성의 성 도구로 쓰이는 것이 당연했어. 예수나 붓다 못지않은 여성들이 봉건의 권력 앞에서 알몸으로 화형되었던 것이 바로 얼마 전이다. 여자라는 이유 하나만으로 그들의 위대한 정신적 성취는 반역이자 있을 수 없는 사건들로 취급되어왔지. 여성은 이제야 막 새벽을 맞이하는 농민과도 같다. 포기하면 안 된다. 항상 너를 따스하게 안아주며 훌륭한 인간으로 우뚝 서길 기도했던 네 할머니를 잊으면 안 된단다. 할머니는 강간으로 미혼모가 되어 남의 집 씨받이가 되었지만 네가 할머니에게는 등불이고 씨앗이었어. 광주민주화운동을 잊으면 안 돼. 우리가 얻은 민주주의는 언제든 쉽게 후퇴할 수 있어…….

그런 말들을 침과 함께 꾹 삼키며 나는 상투적인 대답을 돌려주었다. 네가 지금까지 잘 결정해왔듯, 소신대로 원칙을 갖고 다수의 자유를 위해 노력할 사람을 선택하라고 말야.

선거 결과가 나온 날, 몇 년 만에 잠을 못 이루었다. 과연 역사는 결코 직선으로 발전하지 않는 것인가? 민주화의 과정도 왔다 갔다 하며 성취해온 것을 알지만 이 시대를 겪어갈 우리의 딸들을 생각하니 잠이 오지 않았다. 군부독재 속에서 학살당하며 민주화를 이뤘던 브라질이 다시 독재 정권으로 돌아온 최근 정치를 보면서 민주주의 후퇴는 무지에서 온다는 것 그리고 우린 너무 쉽게 망각하고 억압자를 허용한다는 것을 되새겼어. 반이 없으면 합도 없으니 후퇴를 딛고 다시 자유와 평등을 얻기까지는 반드시 저항이 필요하다.

사랑하는 딸아.

나 역시 여성으로 살아보니 참 많은 것이 불편하고 인간으로서 겪지 않아도 되는 모욕과 경멸을 당해야 했더구나. 심지어 나이 육십이 넘어 이 시골구석에 조용히 사는 지금에도 가끔 남자들이 찾아와 "오늘 밤에 올지도 몰라" 하며 손을 잡으려 든다. "오면 따귀를 맞을 텐데" 대답하며 내가 네 성 도구로 보이다니 네가 참 불쌍하다 하니 좋아해서 그런다 하더라. 여자가 인간이란 걸 여태 못 배웠다며 한차례 혼쭐을 냈다. 그러고도 한심한 대화가 이어졌어. 몇 번을 물리쳐도 알아듣지 못하기에 "육십 넘은 놈들은 다 죽어야 해. 역사는 흘러가는데 고여서 썩고 있으니. 나도 죽어야 한다면 죽겠다" 했다.

작년 이맘때였지? 네가 죽을 것처럼 힘들어했던 때가. 네가 이를 악물고 극복해내기까지 많이 가슴이 아팠다. 멀리 독일에 있는 네가 화장실에서 기절했었다는 전화를 받았어. 그것도 두 번이나. 그 사건으로 너의 독일 교수가 성적 매력으로 학생들을 차별하는 자였음을 알았다. 열정적 학구파이며 동양인인 너를 어떻게 대우했는지도 말이다. 세계적으로 유명하다는 선진국 교수의 인격이 그게 뭐냐며 한참 분을 삭여야 했어. 이런 말을 들으면 너는 '교수라는 인종이 우월인자라는 편견을 갖고 있다'고 나를 질책할지도 모르겠다.

네가 2년간 이미 쏟은 열정과 돈이 물거품이 되는 것을 감수하고 다시 대학을 찾으러 다닌다는 이야기를 들으며 차마 말하지는 않았지만 네가 우울을 극복하고 자존으로 무사히 돌아오기를 무척 간절히 빌었다. 네가 성취해갈 자유는 무한한데 멈춰서 슬퍼하기만 한다면 백배 더 억울하잖아. 이후 네가 다시 세상에 속지 않고 당당하게 길을 찾아내는 지혜를 배우기 시작했다는 것을 눈치채고 눈물을 흘리며 감사했지.

네가 비혼주의이며 아이를 낳을 생각이 없다고 말했을 때, 너무나 자연스럽다고 생각했다. 인구는 이미 충분하고 네가 원하는 생을 즐기고 나누며 사는 것이 아름다운 진보라고 믿는다. 앞으로의 시대에 여성이 아이를 낳는다면 그건 우리가 아이를 낳을 수 있다는 위대하고 멋진 사실이 사회적 안전장치 안에서 무엇보다 가치 있고 소중한 창조로 인정된 후가 되어야 하지 않을까? 그 이전까지는, 이제까지 피를 흘려온 노예와 여성들도 빛을 보아야지.

엊그제 서울에 갔다가 홍대 앞 너와 함께 걷던 공원을 산책했어. 도로 건너에 한강이 흐르고 강 건너로는 국회의사당이 보였지. 저곳에 지금 여성의 수가 얼마나 될까? 그들은 무슨 일을 하고 있을까? 남자들이 남자라는 이유만으로 온갖 것을 선점하는 판에서 끝내 들러리인 느낌은 그저 내 느낌일 뿐일까? 이 느낌이 언제 사라질까?

나의 딸아. 나는 네가 남성에게 의지하려는 마음이 없음에 감사한다. 거칠고 험한 이 남성 중심의 사회에서 홀로 떠나 편견에 지배되지 않고 목적을 이룬 너의 끈기와 용기에 감사한다. 사람의 껍데기가 아닌 인격의 깊이와 평등을 아는 일에 매력을 느끼는 사람임에 감사한다. 너의 장점을 살려 스스로 주인이 되어 달리고 있는 네 모습에 감동한다.

힘이 세고 크고 경제적 우위에 있는 어떤 것에 네 인생의 중심이 흔들리지 않아 나는 기쁘단다. 나는 네가 주입된 가치관에 저항할 줄 알고 정의를 가슴에 안고 깨어 있다는 것만으로도 자랑스럽단다. 비록 어느 때에는 실수를 하고 무지로 인한 자신만의 틀에 갇혀 살 수밖에 없다 해도, 길은 그렇게 가야 한다는 것을. 한 발 한 발 정직하되 그 걸음은 평등 안에서 선택되어야 한다는 것을 너는 보여주었다.

우린 모두 개인의 감정과 선택에 스스로 책임을 지며 살고 있다. 오히려 제도가 그에 따라오지 못하고 인간을 부수어뜨리지. 가진 자는 절대로 스스로 권좌에서 내려오지 않기 때문이다.

아마 내가 고문에 주저앉고 성폭행으로 피해의식

에 갇혔다면 갈갈이 찢기고 부서져 목숨만 연명하는, 나를 포기한 인간이 되어 있을 거야. 남김없이 저항하고 성취하여야 마침내 때가 되어 비울 수 있어.

상처를 받았다는 마음은 그들을 인정하는 것이다.

우린 그보다는 강하고 자유로운 존재이다.

사랑한다.

주

1 　부마민주항쟁. 1979년 10월 박정희 유신독재에 반대해 부산 및
　　마산 지역을 중심으로 벌어진 시위 사건.

2 　광주항쟁, 광주사태 등으로 불렸으나 1988년 이후
　　'광주민주화운동'으로 정식화되었다. '광주사태'라는 표현은
　　당시 군부와 관변 언론 등에 의해 확산한 것으로서 적절치
　　않으나, 시대와 상황을 반영해 특정 맥락에서는 일부 유지했다.

3 　전국민주청년학생총연맹 사건. 1974년 4월 연맹 관련자 180여
　　명이 불온세력의 조종을 받아 국가 전복과 공산정권 수립을
　　추진했다는 혐의로 구속·기소된 사건.

4 　영양군이 배급한 불량 감자 종자로 인한 농민들의 피해
　　보상운동에 앞장섰던 가톨릭농민회 농부 오원춘 씨를 당국이
　　납치·고문한 사건.

5 　1982년 3월 18일 부산 고신대생들이 광주민주화운동 유혈 진압
　　및 독재 정권 비호에 미국 측의 책임을 물어 부산미문화원을
　　방화한 사건.

6 　'좌경 오염 방지'라는 미명 아래 정신 교육을 시키고 군인 등을
　　총학생회나 운동권에 심어 정보를 수집해 오도록 강제한 것.
　　전두환 정권 1981년~1983년 사이 시행.